はじめましてを、もう一度。

喜多喜久

幻冬舎文庫

はじめましてを、もう一度。

目次

イントロダクション

「くだん」という単語をご存じだろうか。漢字だと、「件」と書く。

国語辞典を見ると、「前に述べたこと」とか「例のこと」とか、そういう用法が出てくる。「くだんのことで相談がある」といった具合に使われる。

でも、俺が言いたいのはそっちじゃない。

「くだん」という名の妖怪のことだ。

そいつは、人の顔と牛の体を持つ。人間の言葉を話し、生まれてから死ぬまでの数日の間に、戦争や洪水、流行病などの重大事に関する予言を残すという。そして、それらの予言は見事にすべて的中するそうだ。この妖怪は西の方で活躍(?)していたらしく、山口や長崎、香川などで目撃談が残っているらしい。

俺がこの妖怪のことを知ったのは高校二年生の時だ。二〇一七年の五月に、牧野《まきの》佑那《ゆうな》からその話を聞かされた。

言っておくが、俺は当時も今も、くだんに関する伝承そのものは信じていない。特定の地域で生まれた物語や噂《うわさ》がいびつな形で根付き、奇妙な妖怪が誕生したのだろうと思っている。

ただ、牧野が俺に奇跡を見せてくれたことは、事実として認めなければいけない。それは確かに、くだんの能力そのものだった。

いや、それを奇跡と呼ぶのは違う。それではあまりに綺麗すぎる。

あれは呪いだったと俺は考えている。牧野は予知という名の呪いに縛られながら生きていたのだ。

そんなものにまとわりつかれる人生が、いい人生だとは思えない。

それなのに、俺の記憶の中の牧野は笑っているのだ。いつでも、楽しそうに、白い歯を見せて。

ありえないことだ。常に笑顔だったわけがない。悲しんでいた時もあったはずだ。しかし、なぜか彼女の明るい表情しか思い出せないのだ。相手の心に悪い印象を残さないというのは、牧野の才能の一つだったのかもしれない。

たぶん、彼女は運命を受け入れていたんだろう。そして、呪いとうまく付き合いながら、あるいは闘いながら——ひたすら自分の生き方を貫いた。

彼女のしたことを、俺は褒《ほ》めたい。本当に尊敬している。

でも、「すごいな」って言うチャンスは、一度もなかった。

だから、俺は決めた。
どんな手段を使っても、もう一度彼女に会ってみせるって。
そう。どんな手段を使っても、だ。

第一章　告白

2838+1——【2017・3・28(火)】

春休みに入ってから四日目。近所の公園の桜が満開を迎えようとしているその日も、俺は自宅の二階の自室でパソコンのモニターを眺めていた。

自分が組み立てたコンピューター・プログラムをじっくり見直し、問題がないことを確認する。

——よし、今度こそ……。

期待を込めてエンターキーを押し込む。すると、数字がいくつか表示されたあと、エラーの発生を知らせるメッセージがこれでもかと言わんばかりに画面を埋め尽くした。

……まただ。

俺はため息をつき、椅子のヘッドレストに頭を載せた。

壁の掛け時計は午後三時になろうとしている。朝の九時から、一時間の昼食休憩を挟んで合計五時間。ずーっとプログラムの改良に挑んでいたのに、エラーが頻発するばかりでちっともうまくいかない。

天井をしばらく眺めていると、湯を沸かす時に鍋《なべ》の底から浮かんでくる気泡のように、ぽこぽことアルファベットや数字がまぶたの裏に現れだした。さんざんモニターを見続けてきたせいだ。

まったく、忌々《いまいま》しいやつらめ。俺は心の中で毒づくと、そいつらを追い払うように勢いよく椅子から立ち上がった。

小腹がすいた。頭脳労働で脳が大量の糖分を消費したらしい。なんでもいいから腹に入れておこう。

部屋を出て一階に降りると、台所に母がいた。熱心にコンロ回りの掃除をしている。

「あのさ、何か食べるものない？」

「それならちょうどいいのがあるよ。お父さんが出張で買ってきたおみやげ」

見ると、机の上に明るい緑の袋が置いてある。沖縄限定、シークヮーサー味のソフトキャンディだった。

「お父さん、恭介《きょうすけ》に食べてもらいたがってたよ」

「ふーん。じゃ、とりあえず味見するよ」

俺は個包装になっているソフトキャンディを取り出し、ぽいと口に放り込んだ。

舌に載せるとすぐに柔らかくなり、ミルクの甘味と柑橘の酸味が広がっていった。ちゃんと本物の果汁を使っているのか、なかなか美味い。

しばらくぐにぐにとそれを嚙《か》んでいると、口の中で何かが「メロッ」と音を立てた。

――あ、やばい。

俺は咀嚼《そしやく》を止《や》め、嚙みかけのソフトキャンディを手のひらに出した。薄緑色の塊《かたまり》の中に、一センチにも満たない白い欠片《かけら》が見えた。

舌先で右の奥歯を確認する。……ない。奥歯の穴を埋めていたはずの詰め物が消えていた。

「……やっちゃったな」と俺は嘆息した。

「ん？　どうしたの」

「これ食べてたら、歯の詰め物が取れた」

「あらま、そりゃ大変」掃除の手を止め、母がこちらを向く。「お金出してあげるから、歯医者に行ってきなさい」

「歯医者……」

自然と、自分の眉間《みけん》にしわが寄るのが分かった。

穏やかなクラシックと、殺伐としたドリルの音が共存する待合室。妙に消毒液臭い廊下。にこにこと偽りの笑みを浮かべる歯科衛生士たち。巨大ロボットの操縦席を思わせる、ごてごてした椅子。そして、拷問としか思えない、長い長い治療時間……。それらを思い起こすだけで息苦しくなる。

俺は人より痛みに敏感だ。情けない話だが、足の小指をドアの角にぶつけたらたっぷり三分くらいは悶絶するし、もうすぐ高校二年になるというのに注射のたびにちょっと涙ぐんでしまう。もしかすると、歯科医院はこの世で一番嫌いな場所かもしれない。

「嫌なのは分かるけど、先延ばしにしたら余計に辛くなるだけだからね」

母は人生の格言めいたことを口にすると、財布から一万円札を出し、無理やり俺の手のひらにねじ込んだ。

「……分かってるよ」

「保険証、ちゃんと持って行きなさいよ。あ、あとお釣りは全部返してね」

台所を出る俺に、母が非情な一言を投げ掛けてくる。「はいはい」と適当に返事をして、俺は着替えのために自分の部屋に向かった。

今日は、本当に何もかもうまくいかない。プログラムは停滞しっぱなしだし、歯の詰め物は取れるし、こうして歯医者に行かなきゃならない。

階段を踏みしめながら、もうこれ以上悪いことが起きませんように、と俺は祈った。

外出の予定がなかったので気にも留めていなかったが、空は目一杯晴れていた。満場一致の快晴だ。見渡す限りの爽《さわ》やかなブルーで満たされている。

風は柔らかで温かく、日差しはこの上なく心地いい。インドア派の中のインドア派を自称することの俺でさえ、そこらの公園のベンチで桜を愛《め》でつつぼんやりしても悪くないかな、と思うくらいの外出日和だ。

歯の治療は大嫌いだが、虫歯のない丈夫な歯を持っているわけでもないので、掛かりつけの歯科医院というものがある。家から自転車で七分ほど。俺は何年振りかにその歯科医院にやってきた。白い立方体のブロックをどーんと置いたような、無機質な外観は相変わらずだ。

短い階段を上がり、出入口の前に立つ。これから待っている痛みを思うと、恥ずかしながら足がすくみそうになる。できることなら引き返したい。しかし、財布の中の一万円札がそれを許してはくれないだろう。福沢諭吉《ふくざわゆきち》が樋口一葉《ひぐちいちよう》と野口英世《のぐちひでよ》に変わらない限り、家の敷居を跨《また》げそうにはない。

俺は覚悟を決めて、自動ドアの「軽く押してください」ボタンに拳《こぶし》を押し付けた。

入ってすぐのところが待合室になっている。オレンジがかった暖色系の照明が使われていて、俺のイメージ通り、聴いたことのあるようなないような、微妙なチョイスのクラシックが流れていた。

待合室のソファーには数人が掛けていた。中年の女性に、白髪の老人。大学生らしき若い男もいる。雑誌を読んでいたり、スマートフォンをいじっていたり、ただじっと手のひらを見つめていたり……。示し合わせたかのように、そこにいる全員が黙り込んでいた。まるで刑の執行を待つ受刑者だ。

心を無にして、スリッパに履《は》き替えて受付に向かう。

予約していなかったので、二十分ほど待つことになった。木製のマガジンラックには、グルメガイドや週刊誌、絵本などが並んでいる。大して興味はなかったが、地元の料理店を特集した雑誌を持ってソファーに座った。

それを適当にめくりながら、俺はプログラムのことを考えた。どうすれば、エラーを減らすことができるだろう。とにかくそこをクリアしなければならない。

俺がいま取り組んでいるのは、機械学習という手法だ。コンピューターに問題の解き方を学習させ、任意の問いに対して答えを出せるような仕組みを作るのだ。

例えば、『身長一八〇センチ、体重七〇キロ、静岡県出身の人物はプロ野球選手になれるか？』という問いを解く場合。まず、実際の選手たちの身長、体重、出身地を元に「学習」を行い、「プロ野球選手になりやすい条件」を導き出しておく。そして、その条件に合致するかどうかで判別を行い、答えを出すのだ。

念のために言っておくが、これは別に学校の課題というわけではない。俺の趣味だ。むしろ、趣味だからこそ真剣になれるとも言える。

機械学習を実行するには、プログラムを作る必要がある。プログラムというのは、「こうしてほしい」という指令を順番に並べたものだ。一を五倍して、それから三を足して、次は二で割って……みたいに、やるべきことが延々と書かれている。

正しく命令が並んでいれば、エンターキーを押して計算を開始するだけで結果が出るはずなのだが、俺がやるとエラーになってしまう。書いたプログラムのどこかに問題があるからだ。

エラーメッセージには、何行目のどこどこがよくないですよ、ということが書かれている。しかし、表示されるのは場所だけで、直し方までは教えてくれない。だから、自分で調べたり考えたりして、問題のある箇所を改善しなければならない。その方法が分からずに、俺は朝から苦しんでいるというわけだ。

そんな風に物思いに耽《ふけ》っていたので、「――ねえ」と声を掛けられた時、それが自分に向けられているものだと気づかなかった。

「ねえ、ちょっと」

少し苛立《いらだ》ったような声に違和感を覚え、俺は顔を上げた。

すぐ目の前に、女子が立っていた。赤地に黒のラインが入ったボーダーシャツと濃い青色のジーンズという格好だ。

肩に掛かるくらいの黒髪に、こちらを遠慮なく見つめてくる大きな目。桜色の唇の間から見える、白い歯。爽やかな笑みを浮かべている彼女の顔を、俺は知っていた。高校の同級生だ。

ただ、学校で何度か見掛けたことはあったが、一年の時はクラスが違ったので、会話を交わしたことはなかったし、彼女の名前も知らなかった。

だから俺は、「ああ……」と曖昧《あいまい》な返事をすることしかできなかった。

すると彼女は、何の断りもなく俺の隣に腰を下ろした。ソファーは別に込み合っていなかったにもかかわらず、彼女と俺の太ももは微妙に接触していた。

「北原《きたはら》くんも、ここに通ってるんだね」

「……まあ、家から近いから」

「そうなんだ。私も私も。今日はどうしたの？」

「奥歯の詰め物が外れたから、仕方なくな」

「それは災難だったね。私は歯のクリーニングに来たんだ。子供の頃から一本も虫歯がないのが自慢でね、せっかくだからずっと継続していこうって思って、定期的に歯を綺麗にしてるんだ」

「……ふーん、偉いな」

俺が適当に答えると、彼女が急に黙り込んだ。

隣を窺《うかが》うと、彼女は俺の方をじっと見ていた。目が大きいので、瞳に込められた感情がダイレクトに伝わってくる。彼女は明らかに怒っていた。

「もしかして、私のこと、誰か分からない？」

俺は開いた雑誌に目を落とした。美味そうなハンバーグが載っていた。

「……見覚えはあるんだけどな、名前まではちょっと」

「私は北原くんのことを知ってるんだけどなあ。下の名前も分かるよ。恭介、だよね」

「ああ、そうだよ。博識だな」

「うーん……いや、違うなあ。今のは無しにしよう」

彼女は唐突に立ち上がると、俺の正面に立った。

「……何を無しにするって？」

「私が君の名前を知ってることはいったん忘れてもらって、初対面ってことで自己紹介し合おうよ。対等な感じで」

いきなりの申し出に、俺は「はあ」と気の抜けた相槌《あいづち》を打った。なんというか、アメリカ的というか、洋画的というか、とにかく日本人っぽくない社交性だな、と思った。

ふと気づくと、待合室から人影が消えていた。俺の大嫌いなキーンというドリルの音があちこちから聞こえてくるから、それぞれ治療が始まったのだろう。何かの用事で席を外したらしく、受付のお姉さんまでいなくなっている。待合室にいるのは、俺と彼女だけだった。

他人の目がないなら、不可解ではあるが理不尽ではないリクエストに応えてもいいだろう。その程度のサービス精神は持ち合わせている。

俺は立ち上がり、「別にいいよ」と言った。

「じゃあ、はじめまして。牧野佑那です」

にかっ、と音が聞こえてきそうな笑顔と共に、彼女が右手を差し出す。俺は思わず、その白くて細い指を凝視してしまう。まさか、握手を要求してくるとは。

「あんた、帰国子女？」

「ううん。東京生まれの東京育ちだよ。海外旅行どころか、パスポートも持ってないよ」牧野は笑顔のままでそう言って、差し出した右手をひらひらと左右に揺らした。「疲れてきたから、早くお願いします」

「……じゃあ」

ジーンズで手のひらを拭い、俺は彼女と握手を交わした。その手は、柔らかくて生温かくて、俺はいつか撫《な》でた仔猫の背中を思い出した。

手を離そうとしたら、牧野は逆にぎゅっと俺の手を握って、「あれ、まだ名前を伺ってませんけど?」といたずらっぽく笑った。

俺の名前を知っているくせに、と思ったし、なんだよこの茶番は、とも思った。

しかし、さっきのくだりは忘れるという約束だ。俺は目を逸《そ》らしながら、「はじめまして、北原恭介です」と律儀《りちぎ》に名乗ってみせた。

「北原恭介くん、ね。うん、覚えた」

手をほどき、牧野が自分のこめかみを指先でつつく。

やれやれ、どこまでこの芝居に付き合わなきゃいけないんだろう。そう思ってため息をついていたら、「そんなに冷たくしないでよ」と牧野が口を尖らせた。「四月から同じクラスになるんだしさあ」

「……そうなのか?」

「そうだよ」と、牧野が大きく頷《うなず》く。

「四月からのクラス名簿を盗み見たのか?」

「ぶー、残念、違います」

牧野が両手でバツマークを作ったところで、受付のお姉さんが待合室に戻ってきた。

「北原さん、準備ができましたのでこちらへどうぞ」

「あ、はい」

お姉さんに名前を呼ばれて初めて、俺は奥歯の穴のことを思い出した。そうだ。すっかり牧野のペースに乗せられてしまったが、俺は歯を治しにここに来たのだ。

「よかったね、すぐに診てもらえて。私はもう支払いまで済ませたから、先に帰るね。ちょっと痛むと思うけど、我慢だよ、我慢」

牧野はそう言うと、手を振りながら笑顔で歯科医院をあとにした。

すりガラスの自動ドアが閉まるのを見届け、俺は診察室へと向かった。

一つ、疑問が頭の中に残されていた。なぜ、牧野はあんなに自信たっぷりに、俺たちが同じクラスになると断言したのだろう？

その理由を考えていたおかげで、歯を削って新しく詰め物をする間も、俺は痛みを恐れずに済んだ。

2848──【2017・4・6(木)】

学校や会社は年度という区切りに従って動いており、四月一日をもって俺は高校二年生に進級した。ただ、春休み中はその実感はなく、ひたすらプログラミングばかりをやっていた。

四月六日、午前八時ちょうど。始業式のその日、新しい学年の始まりを渋るような曇り空の下、俺はいつも通りの時間に高校の門をくぐった。

ホームルームが始まるまでまだ三十分ある。普段はがらんとしている時間帯で、俺はその空気が好きなのだが、今朝はすでに結構な数の生徒が登校していた。みんな、クラス分けが気になっているのだろう。

昇降口でスリッパに履き替え、二年生の教室がある二階に向かう。

各クラスの名簿は、階段を上がったところにある掲示板に貼り出されていた。

名簿の文字は小さい。同級生たちが掲示板を取り囲むように集まっていて、その周囲をぐるりと歩いて回ったが、自分がどのクラスなのか確認できなかった。

人垣が途切れるのを待つか、と廊下の壁際まで後退したところで、「おーい、北原くーん」と聞き覚えのある声に呼ばれた。

そちらに視線を向けると、教室の入口から上半身だけを出しながら牧野が手招きをしていた。当たり前だが、今日は白のブラウスとクリーム色のセーターという、我が校の制服に身を包んでいる。

牧野の頭上、廊下に突き出したプラスチックプレートは〈2-4〉だった。俺は掲示板の方をちらりと見てから、ゆっくり彼女の方に歩いていった。

ト と交流してこい。そして、新しいライバルを見つけてこい」と手を振った。高谷はいつも無駄に熱血系なので、話に付き合っていると疲れて仕方ない。

「心配はいらない。俺はお前と違って社交性もあるし、友達も多い。いちいち挨拶して回らなくても、ほとんど知り合いばっかりだよ」

「あっそ。おめでとう。友人の数なら俺は完敗だわ」

「ロンリーウルフ気取りか。あれか？　自分は特別だから、凡庸な同級生たちと交わる気はないぜ、みたいな勘違いか？」

「誰が中二病患者だ」と俺はツッコミを入れた。

「そろそろスタイルを変えた方がいいぜ。将来、確実に後悔するぞ。『ああ、高校時代にもっと青春を楽しんでおけばよかったあ〜』ってな感じに」

高谷は早口でそうまくしたて、「いや、もう楽しんでるのか」と思案顔で呟《つぶや》いた。

「は？　なに調子に乗ってんだよ。悪いけど、俺はお前との会話を青春の記憶に認定するつもりはないからな」

「いや、そうじゃない。さっき、牧野と親しそうに話してただろ」と、高谷が黒板の方を指差す。

「親しそうに？　いや、普通に世間話だけど。っていうか、見てたのか」

「珍しい光景だから、こっそり見学してたんだ」と高谷がなぜか得意げに言う。「なかなかの衝撃シーンだったな。少なくとも、俺はお前が女子と話しているところを見たことはない」

「『なんでも知ってるぞ』的な雰囲気を出すのはやめてくれ。話し掛けられたら返事くらいはするっての」

「確かに、誰かさんと違って牧野は非常に社交的だからな。去年、同じクラスだったんだけどな、牧野は全員から慕われてたぞ。担任と副担任も含めて」

「へえ、それはすごいな。お前もか？」

「うん、まあ、俺もその、話ができると嬉しいかな……可愛いし」

高谷がもじもじしながら言う。ちょっとキモい。

それはともかく、どうやら牧野は、「スクールカーストの一軍選手」だったらしい。確かに、彼女は人目を惹《ひ》く容姿の持ち主だ。それにプラスして明るい振る舞いを身につけているなら、カーストのピラミッドの上位に君臨して当然だ。

なぜ牧野が自分に声を掛けてきたのか不思議に思っていたのだが、何のことはない。彼女は誰とでも仲良くしたい主義者だったのだ。

過度に意識をする必要はない。同じクラスの臣下の一人として、カーストの位に応じた対処を心掛ければいい。俺は自分にそう言い聞かせた。

2856――【2017・4・14（金）】

新学期が始まって一週間と一日が経った、金曜日の放課後。俺は教室に残り、数学の問題集と向き合っていた。

　時刻は午後五時になろうとしている。ずいぶん日も傾いてきた。どこか遠くの方から、カラスの鳴き声が聞こえてくる。やけに哀愁の漂う声だった。

　とっくの昔に、他の生徒は教室から姿を消している。俺は、こんな風に誰もいない教室で勉強をするのが好きだ。自宅でやるより明らかに集中できる。たぶん、がらんとした広い空間がしっくりくるのだと思う。

　数学は重点的に取り組んでいる教科だった。俺の趣味であるプログラミングと密接に関わるからだ。特に、数列の処理は重要だ。データを扱う際には、何行目の何列目にある数値を読む、という操作が頻発する。数学をやればプログラミングの技術が向上するわけではないが、基礎的な知識として、しっかりこなせるようになっておきたい。陸上選手にとっての筋トレみたいなものだ。

そうして黙々と問題を解いていると、誰かが廊下を歩いてくる音がした。残っているやつが他にもいるのか、と思いつつ、俺はシャープペンシルを動かし続ける。

近づいていた足音が、ふいにやんだ。

おや、と思って顔を上げると同時に前方の引き戸が開き、牧野が教室に入ってきた。

俺に気づき、彼女がぱっと笑みを浮かべる。

「あれ、北原くん。まだ学校にいたんだ」

「見ての通りだよ。牧野は部活か？」

「ええー、ショックぅ」俺の質問に、牧野が突然頭を抱える。「私、部活はやってないんだよぉ。北原くんは、私に全然興味ないんだあぁ」

なんだそのミュージカルみたいなリアクションは、と若干《じやっかん》引きつつ、「……そうなんだ。悪い」と俺は頭を下げた。

「いいよいいよ、そんなにマジに謝らないで。冗談だから、冗談」

牧野はそう言って自分の席に向かい、机の中に手を差し入れた。前屈みになると、さらさらと髪が流れて、彼女の横顔が隠れた。

牧野はすぐに体を起こし、「やっぱりあった」と数学の参考書をこちらに向けた。「図書館でみんなと勉強してたんだけど、これが見つからなくって」

「ふうん、そっか。お疲れ」と、俺はそっけなく言った。

早く出て行ってくれないかな、という気持ちを込めたつもりだったが、牧野はぴょこぴょこと跳ねるように俺の方に近づいてきた。

「そっちも数学の勉強してたんだ。北原くん、すごいよね。三月にあった全国模試、成績上位者に名前があったよ。数学の偏差値、九十五とかだったじゃない」

「平均点が低かったからだよ。その中で高い点を取ると、偏差値が高く出るんだ」と俺は説明した。偏差値は集団における位置を示す指標だ。平均から離れれば離れるほど、値は大きくなる。分布が極端にいびつな場合は、偏差値が百を超えることも、マイナスの値になることもある。

「そうなの？　でも、全国でもトップクラスなのは事実じゃない」

「まあ、その試験に関しては」と俺は頷いた。

「そんなすごい人に頼むのは心苦しいんだけど、よかったら図書館でみんなと一緒に勉強しない？　先生の説明だけじゃ分からないところがあって、それで困ってるんだ。ゴールデンウィーク明けに実力テストがあるし、今のうちに疑問を解消しておきたくて」

俺は視線を上げ、斜め前に立っている牧野を見た。三日月形の目に白い歯。クラスメイトと一緒にいる時に彼女が見せる、おなじみの表情がそこにあった。人を惹きつけることに長けた、偏差値九十超えの笑顔だ。

目が合ったのは、一秒にも満たない時間だった。俺は手元に目を戻し、「遠慮するよ。俺、一人でやるのが好きだから。他の先生に聞いてみたら」と答えた。

すると牧野は「はあーっ」と長いため息を漏らした。

「……残念だけど、仕方ないか。北原くんの勉強法を盗みたかったんだけどね」

「盗むほどのもんじゃないよ。手当たり次第に参考書の問題を解くだけだし」

そう返すと、牧野はその場にぱっとしゃがみ、低い位置からこちらを見上げてきた。雲間《くもま》から顔を覗かせる満月のように、赤いチェックのスカートの端から彼女の白い膝《ひざ》が見えていた。

「本当にそれだけ？」と、いたずらっぽく牧野が訊いてくる。

俺は曖昧に頷き、「そうだよ。それだけ」と答えた。

「そうかー。それはもう、脳の造りが違うとしか言えないなー。苦手な教科はないの？」

「特には。……っていうか、椅子に座ったら。疲れるだろ」

うん、と嬉しそうに頷き、牧野は俺の一つ前、出席番号四番の席に座った。

「みんなで勉強してたら、北原くんの名前が時々話題に出るよ。どうやったら、あんなに点数が取れるんだろうって」

「別にほどほどでいいと思うよ。『毎日十時間勉強しなきゃ東大に入れないような生徒は、別の大学に行くべきだ』って意見もあるらしいし」

「それはなんで？」

「無理は長続きしないからだよ。人間は、背伸びし続けることはできないだろ」

「なるほど、それはごもっとも。でも、北原くんは休み時間も問題解いてるじゃない。それは無理な努力じゃないの？」

「別に。無駄な時間を作りたくないだけだから」

「——あ、えっ、ごめん」

座ったばかりなのに、牧野が慌てた様子で立ち上がった。

「どうしたんだよ」

「いや、私と話してる時間ってすっごい無駄なんじゃないかって思って。っていうか、問題を解いてる最中だったね。ごめん」

「……いや、別に気を遣わなくていいから」と俺は言った。

牧野の親しげな口調や大げさな動きに、俺は戸惑っていた。二回しか話したことのない相手とこんなに打ち解けられる人間がいるのか、という驚きがあった。

「ストイックだよね、北原くんって。一人でいる時間が長いし」

「長いね、確かに」

「同級生が、『勉強を教えて～』って来たりしない？」

「一年の頃は少しあったかな。でも、すぐに誰も来なくなったよ」と俺は正直に言った。人に教えるのは得意じゃないし、俺の役目でもない。だから、質問に来た連中は適当にあしらうようにしていた。その結果が現状というわけだ。

「もったいないね。勉強のノウハウが他の人に伝わらないのって」牧野は悲しげに呟いた。

「なんか、北原くんの優秀さがちゃんと分かってもらえてない気がする」

「いいよ、別に他人に認めてもらわなくたって。俺は自分が納得できるレベルに到達できれば、それで満足だから」

問題文に目を落としながらそう答えると、牧野が急に黙り込んだ。

どうしたのだろうと思い、俺は顔を上げた。

オレンジ色の光が差し込む中、牧野はスカートの裾《すそ》をぎゅっと握り、俺を見ていた。

こちらに向けられたその大きな瞳を見て、俺は息を呑んだ。彼女の目は明らかに潤んでいた。

「……あー、辛い辛い」牧野は苦笑しながら腕で目をこすった。「ちょうど今年から、花粉症の症状が出始めちゃってさあ」

「ああ、そうなんだ……」

「――あ、いたいた」

開きっぱなしだった出入口から、見知らぬ女子がひょっこり顔を覗かせた。小柄で童顔で、どことなくテディベアに似ている。

「何してたのよお」と言いながら、子熊的女子が教室に入ってきた。

「ごめん、見つけるのに手間取っちゃって」と牧野が参考書を彼女に渡す。そこで、ぬいぐるみライクな彼女がこちらに目を向けた。

「あれ、そこにおわすは北原大先生じゃないですか！」

彼女が大げさにのけぞる。ずっと見えてただろ、と俺は心の中で突っ込んだ。

「ちょっと佑那さーん。あなた、ひょっとして、一人だけ抜け駆けして勉強を教わってたんじゃないよねえ？」

「違うよ。ねえ、北原くん」

「……ああ」と俺は頷いた。牧野はいつもの笑顔に戻っていて、涙の気配はもうどこにもなかった。

「一応、紹介しておくね。私の友達の、草間志桜里《くさましおり》。クラスは一組」

「一応ってなによ、一応って。正式に、でしょうよ」牧野の脇腹をつつき、「草間でーす、以後お見知りおきを」と草間は崩れた敬礼をしてみせた。

初対面の相手にここまでおちゃらけられることに感心する。さすがは牧野の友人といったところか。

「そんじゃあ、北原大先生への挨拶も済んだし、図書館に戻ろうか」

「あ、うん。じゃあね、北原くん」

草間に追い立てられ、牧野が教室を出て行く。その横顔はどことなく名残惜《なごり》しそうに見えた。たぶん、夕焼けが作った錯覚だろうな、と俺は思った。

その日の夜。食事と風呂を済ませ、俺は午後九時前に自室に入った。

家ではあまり勉強はしない。ここからは趣味の時間だ。だが、一時間ほどプログラムの修正に取り組んだものの、相変わらずのエラー祭りだった。

モニターを見ていると猛烈な眠気が襲ってきた。改良の妙案もなかったので、俺はさっさと見切りをつけ、午後十一時過ぎにベッドに潜り込んだ。

目を閉じると、今日の放課後の出来事が思い浮かんできた。

教室に牧野が来て、少し会話を交わして、草間が来て、二人で去っていく。俺はその一連の流れをぼんやりと反芻していた。

現実から夢への移行は、不連続だった。

ふと気づくと、俺は広い座敷の隅に座っていた。まるで見覚えのない場所だったが、正面にある祭壇や壁や天井の様子から、寺の本堂だろうと推測した。

俺はこれが夢であることに気づいていた。辺りには、漆黒の喪服に身を包んだ人々が神妙な面持ちで座っている。室内は蒸し暑く、線香の匂いが感じられる。たぶん、季節は夏だ。袈裟《けさ》を着た坊主が念仏を唱えている。座敷の前の方には、大量の花を盛って作った籠《かご》がいくつも置いてあった。法事ではなく葬式らしいな、と思い至った瞬間、祭壇に飾られた遺影が目に飛び込んできた。

黒縁の額の中に、牧野がいた。

屈託のない、あの笑顔がそこにあった。

参列者の中から、すすり泣く声が上がっていた。俺の斜め前で涙を流しているのは、草間志桜里だった。他にも、何人かクラスメイトの顔がある。

何が起きているのか分からずに座敷内を見回していると、誰かが「それでは焼香を」と言った。

前方にいた人がのっそりと腰を上げ、順に祭壇へと向かい始める。

焼香、焼香……どうやってやるんだっけ……？

母方の祖父の葬式を思い出そうとしたが、あれは十年以上前のことだ。小さかった俺は焼香なんてしていなかったことに気づく。

そうこうするうちに、俺の順番が回ってきてしまう。

仕方なく立ち上がり、他の参列者たちにならって、祭壇の前で振り返って頭を下げた。

祭壇に向き直る。光の加減で、牧野の遺影はよく見えない。

木製の横長の机に、木片の入った器と、灰の詰まった容器が並べられている。灰入りの器の方で、木片がぶすぶすと燃えながら煙を上げていた。木片をこちらに入れればいいらしい。

俺は祭壇に向かって一礼し、容器に手を伸ばした。視界に入り込んできた自分の手は、痙攣でも起こしているみたいにふるふると小刻みに震えていた。

揺れまくる親指と人差し指で、なんとか木片をつまむ。慎重に隣の容器に移そうとしたが、力がうまく入らず、ぽろぽろと机の上にこぼしてしまう。

ああ、まずい。ミスったぞ……。

動揺しながらそれを拾おうとしたところで——。

目が覚めた。

俺は自分の部屋にいた。人いきれや焼香の匂いは消え、ひんやりとした春の夜の空気が部屋を満たしていた。

首をひねって、枕元の時計に目をやる。ベッドに入ってから、まだ二十分ほどしか経っていなかった。夢を見ていたのは、ごく短い時間のことだったらしい。

俺は横になったまま、大きく息を吐き出した。額に触れてみると、少し汗ばんでいた。あそこまでリアルな夢を見たのは、生まれて初めてだった。目を閉じるだけで、自然とあの座敷に戻れる気さえする。

それにしても、葬式とは……。

「縁起でもないな……」

俺は首を振り、ベッドを降りて部屋を出た。

テレビでも見て気分転換をしてから寝ないと、また同じ夢を見そうな気がして仕方がなかった。

2887――【2017・5・15(月)】

その日は朝から、少し教室の空気が変だった。誰もがどことなくそわそわしているように見えた。

小さな異変の理由は分かっていた。連休明けに行われた模試の結果が返ってくるのでは、と緊張しているのだ。

生徒たちの落ち着きのなさを見かねたわけではないだろうが、その日の授業が終わったあとで、テストの結果が返ってきた。

今回の点数は、まずまずだ。校内では一位、受験者全体では二万八千人中の三位だった。大丈夫だろうと思っていた問題はほぼ正解していたし、解答に迷いがあった問題の正答率は七割ほどだった。

テスト返却のあと、クラスメイトたちは互いに結果を見せ合ったり、見ていられないほどずーんと落ち込んだり、あるいはこの世の春とばかりに笑みを浮かべていたが、三十分もすると教室に残っているのは俺だけになった。

さて、そろそろ集中して問題集に取り掛かるか。そう思った時、「お、いたいた」と教室に入ってきた男がいた。高谷だった。

高谷はいそいそと俺のところに駆け寄ると、「今回のテスト、何点だ？」といきなり質問をぶつけてきた。もちろん、訊いているのは化学の点数だ。

「百点だけど」

「マジか！　ちくしょう！　また負けた……」

高谷が俺の机に拳を打ち付ける。かなり痛そうな音がした。俺なら涙目になること請け合いだ。

「残念だったな。早く帰って勉強したら」

冷たく言って、シャープペンシルを手に取る。すると、「勝手に数学を始めんな！」と高谷に問題集を取られてしまった。

「なんだよ、返せよ」

「俺は九十八点だった。記述式の問題で減点されたんだよ。お前の解答を見せろ。何か、えこひいき的な力が働いた可能性がある」

「……好きにしろよ。ほら」

化学の答案用紙を渡すと、高谷は顔を近づけてじっくり俺の解答を読み始めた。

「相変わらず字が汚いな。めちゃくちゃ読みにくい。これは減点されるべきだろう」

「いいよ、別に一点や二点引かれたって。答えは合ってるし」

字が汚いのは昔からだ。綺麗に書く時間があれば、その分を思考に回したい。要は読めればいいのだ、読めれば。

高谷は俺の答案を睨みつけていたが、やがて顔を上げ、「直すところがない……」と心底悔しそうに言った。

「納得したか？　じゃ、さっさと出て行ってくれないか」

「なんだよ、冷たいぞ」

「冷たくない。いつも通りだ。ほれ、早く」

俺は椅子から腰を浮かせ、高谷の体をぐいっと押した。すると高谷が「暴力反対だ」とかなんとか言いながら押し返してくる。そうして押したり引いたりを繰り返していたので、俺は教室に牧野が入ってきたことに気づかなかった。

「あの、いいかな」

声を掛けられ、俺と高谷は動きを止めた。牧野は教壇のそばに立っていた。表情がいつもと違って硬い。俺たちの無益で幼稚な諍いに呆れている……わけではなさそうだ。どうやら緊張しているらしい。

「何か用？」と俺は尋ねた。

「ちょっと話があるんだ。こっち、来てくれる？」

二回だけ手招きして、牧野は教室を出て行った。

いきなりどうしたのだろうと首をかしげていると、「おい、なにフリーズしてんだ」と高谷にツッコまれた。

「いや、訳が分からないから」

「女子が呼んでるんだから、さっさと行って来いよ」

「なんだよ、お前、フェミニストかよ」

「ジェントルマンと言ってくれ。ほれ、行け行け」

高谷に背中を押されながら、俺は教室を出た。

牧野は廊下の中ほどで待っていた。また小さく手招きをして、歩き出す。振り返ると、高谷がこちらを見ていた。興味津々の眼差しだ。「ついてくんなよ。ってぃうか帰れ」と釘《くぎ》を刺し、牧野のあとを追う。

牧野は階段を上がっていた。三階を通り越し、さらに上へと向かっている。四階には家庭科室や放送室、視聴覚室などがある。特別授業がある時にしか立ち入らないフロアだ。その階で話をするつもりらしい。

四階にたどり着くと、牧野は左右を見回し、さらに廊下を奥へと進んでいく。俺はすでに彼女に追いついていたが、横に並ぶのはなんとなくためらわれたので、二メートルほど後ろを歩くようにした。

辺りにひと気はなく、しんと静まり返っている。聞こえるのは、上履きのゴム底とリノリウムの廊下がこすれて立てる足音と、グラウンドで野球部がボールを打つ音だけだった。

牧野が足を止めたのは、廊下の奥にある和室の前だった。茶道部が使っている八畳の部屋だが、今日は部活が休みなのか、部屋の明かりは消えていた。

牧野がゆっくりと振り返る。それに釣られ、俺も後方に目をやった。まっすぐに延びた廊下に午後の陽光が落ち、玄関先の飛び石のような模様を描き出していた。

「大丈夫、誰もいないよ」

牧野が囁《ささや》くように言う。その声は小さかったのに、どきん、と俺の心臓が弾かれたように大きく跳ねた。

顔を正面に戻すと、牧野は俺をじっと見ていた。そうすることが自分の使命だとでもいうように、まっすぐに俺の目を見つめている。

遠慮なく向けられるその瞳の圧力に耐えきれず、俺は目を逸らした。

「……話って、何」

喉から出てきた俺の声は、寝起き直後のようにかすれていた。

「うん。誰か来るといけないから、早く済ませるね」牧野はそう言って、一歩分、俺との距離を詰めた。「私と付き合ってください」

「はっ？」

耳にした言葉の意味がとっさには理解できず、俺は思わず顔をしかめてしまった。

「なに、その反応」と牧野も眉をひそめる。

「……ごめん、なんて？」

「ちょ、二回も言わせるの？」

「いや、よく聞こえなかったから」

牧野は右手で髪を撫で、大きなため息をついた。

「付き合って、って言ったの。あ、誤解を防ぐために言うけど、今からどこかに行こうって意味じゃないよ。男女交際の方」

牧野はいつもより早口で喋っていた。嘘くさいくらいに焦っているように見える。

俺は五秒ほど考えを巡らせ、「意味は分かった」と頷いてみせた。要するに俺は、交際を申し込まれたのだ。

そこで、俺たちの間に沈黙が生まれる。先に口を開いたのは牧野だった。

「……えっと、あの、返事は？」

俺は天井を見上げ、それから足元に目を落として、「ごめん」と言った。

「ごめんって……え？　断るってこと？」

「あーっと、断る断らない以前のことで」俺は自分のつま先を見ながら説明する。「たぶんこれ、ドッキリなんだよな。『学年一位のガリ勉野郎がカースト上位の女子から告白されたら、どんな反応をするか？』みたいなさ。もしかして、動画とか撮ってるのかな。それか録音？　あとでネットにアップしたりすんのかな」

「えっ……」と牧野が絶句する。

俺は彼女の方は見ずに、ぐるりと周囲を見渡した。目に見える範囲に、こちらに向けられたレンズは見当たらなかった。

「どこにあるのか分かんないや。かなり手間を掛けて準備したんだろうな。でも、俺、そういう悪ふざけに付き合うほどノリがよくないから。悪いな、期待通りのリアクションができなくて。つまり、さっきのはそういう意味の『ごめん』だよ。じゃ、そういうことで」

俺は一気にそこまで伝えきり、牧野に背中を向けて歩き出した。

廊下の角を曲がり、階段を降り始めても、牧野の足音は聞こえてこなかった。それで、俺は自分の推測が正しかったことを知った。

はっきり言えば、俺は失望していた。

牧野が自分を好きじゃなかったことに、ではない。そんなのは当たり前だ。そうではなく、牧野がこういう、誰かを傷つけて喜ぶような悪ふざけに手を出したことに、俺はがっかりしていた。

牧野は明るくて、社交的で、誰とでも仲良くなれる「そつのなさ」を持っている。両手足の指を使っても数えきれないくらい友人がいて、充実した高校生活を送っている。

牧野はその状態に満足していると思っていた。だが、俺は牧野を過大評価していたようだ。牧野は退屈な日常に飽きを感じ、俺をターゲットにしたイタズラを仕掛けてきた。しかも、かなりたちの悪いやつを。

自分がイジられる側に回ったことは、仕方ないと思う。周りから疎まれる生き方をしているという自覚はある。牧野がやらなくても、いずれ何らかの攻撃を受けていた可能性はあるし、そうなった時の対処もシミュレートしてある。牧野の告白が偽物だと即座に看破できたのも、その準備のおかげだった。

恥をかかずに済んだことはよかった。だが、できればこの緊急回避術を、牧野相手には使いたくなかった。それが俺の率直な気持ちだった。

二年四組の教室に戻ると、鬱陶《うっとう》しいことに高谷はまだいた。太い眉を撫でながら、俺の席で自分の答案を眺めている。

「なんだよ、帰れって言っただろ」

「いや、帰れるかよ。牧野と何の話をしてたんだよ」

「それの話だよ」と俺は答案用紙を指差した。「模試の点数を知りたいんだってさ」

「……それだけか？」

「残念ながら、と言えばいいのかな」と俺は肩をすくめてみせた。「お前が何を期待してた
か知らんが、極めて事務的なやり取りのみだった」

「ふーん。そんなの、ここでサクッと訊けばいいのに」

「お前がいるから気を遣ったんだろ」

「ああ、なるほど、そういうことか」

高谷は俺の嘘に簡単に騙《だま》されてくれた。「牧野って、意外と俗物なんだな」などと言いながら、教室を出て行こうとする。

「ちょっと待った」俺は高谷を呼び止め、自分のリュックサックを手に取った。「俺ももう帰るわ。駅まで一緒に行こうぜ」

「別にいいけど、珍しいな。俺から化学の知識を盗むつもりか？」

「あいにくだけど、盗むようなものは何もないね」と返し、俺は教室を出た。

俺の挑発に乗り、高谷が「おい、侮辱だぞ！」と文句を言いながら追い掛けてくる。俺は高谷に追われながら、小走りに階段を駆け下りた。

このあと、ひょっとすると牧野が教室に現れるかもしれない。その可能性を考えると、とてもじゃないが居残って勉強する気にはなれなかった。

その夜。俺は自室のベッドで時間を持て余していた。趣味のプログラミングに取り組む気にはなれず、さりとてすんなりと眠れるわけでもない。放課後のあの一件は、未だに尾を引いていた。

牧野からの突然の告白——ごっこ。

俺はあれを悪ふざけの一種だと即断した。その対応が間違っていたとは思わない。しかし、こうして時間が経つと、どうしても「ひょっとしたら」という気持ちが浮かんできてしまう。つまり、あれがイタズラではなかった、という可能性だ。

牧野が、本気で俺と付き合いたいと望む。そんなことが果たしてありうるだろうか。

春休みに近所の歯科医院で知り合ってから今日まで、何度か牧野とは言葉を交わした。どの会話も短く、当たり障りのない内容だった。勉強の仕方がどうとか、成績がどうとか、そんな話だ。そこに、色恋の気配はなかった……と思う。

去年のうちから牧野が俺を気にしていた、というパターンも考えられる。自分の容姿が異性を惹きつけるものだとは思わないが、その辺のセンスは千差万別で、個々人の資質に拠るところが大きい。何が起きてもおかしくない。

牧野は人知れず、俺に片思いをしていた。しかし、晴れてクラスメイトになったものの、すぐには想いを伝えられず、また、恥ずかしさからろくに話し掛けることもできず、ひと月が経過した。そして、今日、とうとう一大決心をして、牧野は俺に告白することを決意した——。

「……いや、ないな」

そう呟き、俺は寝返りを打った。こんなの、推測じゃなくて妄想だ。全然現実味がない。あれはやっぱりイタズラだと考えるのが妥当だろう。

悶々と余計なことを考えていると、本格的に眠れなくなりそうだった。とにかく布団に潜り込めば、そのうち朝がやってくるだろう。俺は部屋の明かりを消すために、いったんベッドを降りた。

壁のスイッチを押す前に、時計に目をやる。午後十一時半を過ぎていた。

異音を耳にしたのは、その時だった。

かちん、と、何かが窓にぶつかる音がした。

気のせいかと思ったが、十秒ほどして、また同じ音がした。

——まさか……？

俺は唾を飲み込み、カーテンを開けた。

ガラス窓に顔を近づける。家の前の道に、人影が見えた。スポットライトのようにアスファルトに落ちる街灯の光の中、こちらをじっと見上げているのは、緑色のパーカーを着た牧野だった。

……俺は、幻覚を見ているのだろうか？

窓を開けると、初夏の夜気がふわりと首筋にまとわりついてくる。俺は窓枠に手を掛け、顔を外に突き出した。

牧野は間違いなくそこにいた。真顔でこちらに向かって手招きをしている。出てきて、ということだろう。

「……今、そっちに行く」

俺は小声で答えて窓を閉めると、ジーンズに穿《は》き替えて部屋を出た。

階下はしんとしている。両親はもう寝室に引っ込んでしまったようだ。俺は家の鍵を持ち、ドアの開閉音に気を配りながら慎重に外に出た。

牧野は電信柱にもたれて俺を待っていた。やはり、表情は明るいとは言い難い。末期癌《がん》であることを患者に告げようとしている、医療ドラマの女性医師のような顔つきだ。

「どうしたんだよ、こんな時間に」

「うん、だいたい分かると思うけど……今日の放課後の、あれの話の続き」

牧野はうつむきがちにそう言った。風呂上がりなのか、彼女の髪は少し湿っていた。いつもと違い、微妙にウエーブした髪は、彼女の印象を大人びたものにしていた。

「まあ、そうかなって気はしたけど」

「ついてきて。もう少し、話がしやすい場所に行こ」

牧野が俺に背を向けて歩き出す。まるで、今日の放課後の出来事の繰り返しだった。ただ、その背中は不思議とあの時よりも親しみやすいものに感じられた。緑地に白文字で〈LOVE&PEACE〉と書かれたパーカーが、よそよそしさを軽減しているのかもしれない。あるいは俺が慣れただけか？　そんなことを考えながら、俺は黙って牧野の後ろを歩いていった。

「ここにしようか」

牧野が立ち止まったのは、俺の自宅から一〇〇メートルほどのところにある、鉄棒と滑《すべ》り台くらいしか遊具が置いていない小さな公園の前だった。

そのほとんどが闇に包まれた公園に、人の気配はない。俺の返事を待たずに、牧野は外灯の下のベンチに向かった。

「座って話そうか。ちょっと長くなるかもしれないし」

三人掛けのベンチの真ん中に牧野が腰を下ろす。

「なんでもっと端に座らないんだよ。スペースがないじゃんか」

「近い方が話しやすいでしょ」

「離れてても聞こえるって。ほら、そっちに行ってくれ」

「えー、なんなのもう、細かいなあ」

文句を言いつつ、牧野が座ったままずりずりと右端に移動する。

俺は小さく息をついて、ベンチの左端に座った。

「……で、長い話っていうのは？」

腕を組み、隣にちらりと目を向ける。牧野は思案顔で指の背を唇に当てていた。

「どこから話をすればいいのか……っていうか、話すべきかどうか、まだ迷ってるんだ。本当のことを言うと」

「俺に関わりがあることか？」

「あるね。たぶん、ものすごくある」と牧野が小刻みに頷く。「とりあえず、告白のことから説明するよ。北原くんはイタズラだと思ったみたいだね」

「そりゃそうだろ。唐突すぎたし」

「唐突なのは自覚してた。でも、イタズラなんかじゃないの。でも、普通の愛の告白かって訊かれたら、それも違って……なんていうのかな、義務？　やらなきゃいけないと思って、頑張ってやったの」

意味不明だ。何をどこからツッコめばいいのかさえ分からない。「悪い。何言ってるのか、ぜんっぜん伝わってこない」と俺は首を振った。

牧野は目を細めて、すっと視線を上げた。建ち並ぶマンションの輪郭の向こうに、星のない真っ暗な空があった。

「……昨日の夜ね、夢を見たんだ」

夢、という言葉に脳が勝手に反応する。牧野の葬式——遺影の中の笑顔。まざまざとその光景が蘇《よみがえ》った。

動揺を気取《けど》られまいと、「どんな夢だよ」と俺はぶっきらぼうに尋ねた。

「放課後、校舎の四階で北原くんに告白する夢。『付き合ってください』って」

「……夢を見たから、それに従って行動したってことか？」

「そう。そうしなきゃと思って」

「それは……えっと、牧野の気持ちと合致してる行動なのか？」

「変に期待を持たせちゃ悪いから、はっきり言うね」牧野がこちらを向いた。その目は真剣だ。「北原くんのことは、クラスメイトの一人だと思ってる。片思いはしてない」

「なるほど」と俺は視線を逸《そ》らした。「はっきり言ってもらって助かるよ。ただ、牧野の行動は理解できないな。夢で見たからって告白するなんて……率直に言うけど、普通じゃないな、明らかに」

「……だよねえ」

ぽつりと牧野が呟く。ちらりと窺うと、彼女は苦笑していた。私も困ってるの、とその表情が語っていた。

「牧野って、なんていうか、オカルト関連の趣味があるのか？」と俺は尋ねた。

「趣味……というより、生活の一部、かな。病気みたいなものだから」そう言って、牧野は俺の方に一〇センチほど体を寄せた。「北原くんは、『くだん』って妖怪のことを知ってる？」

「くだん……？」

「そう。その妖怪は、人の顔と牛の体を持ってるんだって。普通に人の言葉を喋れてね、未来のことをズバズバ言い当てる能力があるらしいの」

「……あ、ああ、そうなんだ」

ドン引き状態に陥った俺には、それしか言えなかった。牧野は自分の空想を得意げに語る趣味の持ち主――いわゆる「電波系」だったのだ。

俺の内心を知ってか知らずか、牧野が話の続きを始める。

「今から八年前……私が八歳の時に、母方の祖母が亡くなってね。お祖母《ばあ》ちゃんの家は兵庫県にあって、お葬式のために私は家族とそこに行ったの。兵庫って聞くと、神戸のイメージが浮かぶけど、お祖母ちゃん家《ち》はすごい山の中にあるんだ。車もすれ違えない細い山道が延々と続いてて、その道の両側には、何メートルか分け入っただけで戻れなくなりそうなくらい、たくさん木が生えてるの」

「ふーん」と俺は適当に相槌を打った。今度は昔話か。

「お葬式が終わって、私は親戚の子たちと遊びに出掛けたの。他にすることもなかったからね。それで、たぶんかくれんぼをしたんじゃないかな。私は一人で森の中に入って、細い獣道を進んでいったの。どのくらいかな、十分くらいだった気もするし、もしかしたら一時間だったかもしれない。道に沿って斜面を上がっていったら、開けた場所に出たんだ。そうだね……半径一〇メートルくらいの、円形の草地になってたと思う。その草地の真ん中に、小さな祠《ほこら》があったの。祠っていうか、三角屋根のついた木箱って感じかな。高さは当時の私の背丈と同じくらい」

牧野が自分のつむじの上に手をかざす。

「それで、祠に近づいたのか」

「子供だったからね。怖いって気持ちより、好奇心が勝っちゃった」と牧野が頷く。「祠の扉は閉まってたけど、鍵はついてなかった。中に何があるんだろうと思って、取っ手をつまんで開けてみたの。……そこに祀られてたのは、猫くらいの大きさの石像だった。顔は人で、体は牛で、頭には角《つの》があって……」

「……くだん、ってやつか」

そう、と牧野が囁き声で言う。

「その時はくだんのことは知らなかったから、変なのがあるなって思っただけだった。そこでおとなしく扉を閉めればよかったんだけど、角だけ色が違ったんだよね。体は灰色の石で、角は黒飴《くろあめ》みたいな、つやつやした黒い材質だった。それがあまりにつるつるで、手触りがよさそうだったから、私、つい触っちゃったんだ」

「子供だったから」

「うん。子供だったから」牧野が小さく笑う。「そうしたら、あっさり角が取れちゃったんだ。ポロッて。そんなに力を入れたつもりはなかったのに」

「……それはビビるだろうな」

「そうだね。すごく驚いたし、すごく怖くなった。誰の持ち物か知らないけど、壊しちゃったわけだし。私は必死に角をくっつけようとした。でも、うまくいかなかった。根元から完全に折れちゃってたんだ。断面がはっきり見えた記憶があるから」

「硬い材質なんだよな？　ちょっと触ったくらいで、そんな簡単に折れるか？」

「普通は折れないよね。だから、物理的にじゃなくて……それこそ、呪い的な力で壊れたんだと思う」

「呪い？」

「くだんの像に触れること自体、許されざることだったんだよ、きっと。それで、その、神様的な存在が私のやったことを見てて、『お前、触ったな』っていう合図のつもりで、角を折ったんじゃないかと思う……」

ああもう、と牧野がそこで頬をさする。

「……どうした？」

「馬鹿みたいな話をしてるなって思って、恥ずかしくなったの！」と牧野が横目で俺を睨む。

「北原くんがおとなしく『付き合うよ』って言ってくれたら、こんな説明せずに済んだのに」

「なんで怒られなきゃいけないんだよ。俺、別に理不尽なことしてないだろ」

「分かってるよ、分かってる。でも、できればこのことは秘密にしておきたかったんだよー。今まではうまくいってたのに、なんでーって気分なの！」

牧野は両手で頬を挟み、ひょっとこのように唇を尖らせた。子供っぽいその仕草に、少し気分が和んだ。電波なことを喋っていても、やはり牧野は牧野なんだ、と思った。

「話はそれで終わりか？」

「そうだったら、よかったんだけどね」牧野が頬から手を離した。「角を折ったことで、私は呪われちゃったんだ。くだんの呪いだよ」

「……呪いねえ。つまり、悪いことが起きるようになったと？」

「そう。その日から時々、夢を見るようになったの。必ず現実になる夢をね」

牧野は闇の中に佇《たたず》む鉄棒を見つめていた。怖いくらいに、まっすぐに。

俺は逃げるように地面に目を落とした。こんな夜中なのに、二匹だけ蟻《あり》がいる。隊列を組み、何かを探すように蛇行していた。

「とりあえず、話は繋《つな》がったな。牧野は俺に告白する夢を見た。それは呪いだから、必ず現実にしなきゃいけない……そういうことだな」

「理解が早いね、さすがに」

「理解というか、辻褄《つじつま》が合っただけだけどな」

牧野が自分で言った通り、呪い云々《うんぬん》なんてものは、荒唐無稽以外の何物でもない。しかし、夢を見るのは本人だけだ。客観的な証拠はない。それを本物だと思い込み、夢の通りに行動すれば、的中率一〇〇パーセントの予知は作り出せる。くだん様の一丁上がり、だ。そこに超科学的な要素は一切ない。

「……でも、分からないな。なんで俺にこの話をしたんだ？　告白の夢を見て、ちゃんとその通りに告白した。それで完結してるじゃないか」

素朴な質問をぶつけると、「予知と違ったの」と牧野が首を振った。髪が揺れると、俺のところまでシャンプーの匂いが届いた。熟した赤いリンゴのような、甘酸っぱい香りがした。

「私が見た夢では、北原くんは『付き合う』って言ってくれたんだよ。それなのに、現実の君は、これ以上ないってくらい冷静で冷酷で残忍だったじゃない」

「言いすぎだろ。常識的な対応だよ」と俺は反論した。血の通っていない人間のように扱われるのはさすがに不本意だ。

「……予知が外れると、困るの」

また牧野が、俺との距離を少し詰めた。最初は三〇センチは離れていたはずなのに、俺と牧野の体の間には、もう拳一つ分の隙間しかなかった。

俺はその近さを意識から追い払い、「外れたら何か問題が起きるのか？」と訊いた。

「そうだよ。……いい、よく聞いて。予知が外れると、『予知を外す原因を作った人』に不幸が襲い掛かるの」

「不幸って、どのくらいの不幸だよ」

「ずばり——」牧野が至近距離から俺の顔を指差した。「死んじゃう」

「死ぬ？　俺が死ぬのか？　どうやって？」

「それは分からないけど、心臓麻痺とか隕石《いんせき》が頭に当たるとか、他の人が関与しない亡くなり方になると思う」

牧野は迷う素振りも見せずに、真剣な口調でそう答えた。とっさの思い付きで喋っているのではなく、「そういうものだ」という確信があるように聞こえた。

「おかしくないか？　なんで牧野の呪いが俺に降りかかるんだよ。予知が外れた責任を取るなら、そっちの方だろ」

「私に言われても困るよ！」

ひときわ大きな声と共に、牧野が俺の膝を摑む。指先に込められた力の強さに、俺はぎょっとした。

牧野はゆっくりと手を離し、ため息をついた。

「……申し訳ないって思うよ。だから、こうして正直に話してるんじゃない。……私はまだ北原くんのことをよく知らないけど、君が死んじゃうのは嫌だよ。親御さんはすごく悲しむだろうし、私は確実にトラウマを背負うことになるし……」

「いや、そもそも死なないと思うけど」

高校で理系を選択し、将来は理学部の情報科学科を目指している身としては、そう言うしかなかった。受け入れられるはずがない。

「……試してみる？」

牧野が目に力を込める。外灯を受けて光る彼女の瞳は、得体のしれない凄《すご》みを放っていた。

俺は視線を外し、頭を掻《か》いた。この迫力はなんなのだ、いったい。

「……死なないためには、牧野の予知の通りにすればいいのか」

「そうだね。うん」と嬉しそうに牧野が言う。「難しくないよ。『付き合ってください』に対して『いいよ』って言うだけ。すごく簡単でしょ」

「それ、今ここでしなきゃダメなのか？」

「そう、今すぐ」牧野がスマートフォンをこちらに向けた。画面に表示された時刻は、〈23：55〉だった。「今日が今日であるうちに」

「なんだよそのルール」あまりに都合のいい設定に、俺は思わず笑ってしまう。「くだんの呪いは時間に厳格なのかよ」

「だから、私に言わないでよ。そういう風になっちゃってるんだから」

「だったらもっと早く教えてくれよ。なんでこんなギリギリに……」

「悩んでたの。私の秘密を北原くんに明かすかどうか。考えて考えて、この時間になってようやく決心がついたんだよ」

「俺の命が懸かってるんなら、もう少し早く決断してもらいたかったな」

呆れてみせつつも、俺はこれも牧野の作戦の一つではないかと考えていた。タイムリミットを提示し、じっくり考える暇を与えないように畳み掛ける。その手口は、詐欺師《さぎし》が客に高い商品を無理やり買わせる時の手口によく似ていた。牧野は何が何でも、俺に「付き合う」と言わせたいらしい。その意図は分からないが。

日付が変わるまで俺が沈黙を貫いたら牧野はどうするのだろう。優柔不断な俺に失望して家に帰るだろうか。それとも、ルールに例外があると言って、改めてYESを言うように迫るだろうか。あるいは、俺には予想もつかないような、もっととんでもないことを言い出すかもしれない。どれもありそうな気がしたが、いずれにしても、牧野の機嫌を損ねてしまうのは間違いなさそうだった。

俺は膝に手を置き、ベンチから腰を上げた。

「えっ、帰るの？」

「いや、座ってばっかりだと、頭がうまく働かないからさ」

俺がポケットに手を突っ込むと、彼女は見せつけるようにスマートフォンを前に突き出した。時刻は〈23：56〉になっていた。

「もう時間がないんですけど」

「……確認させてくれ。俺が了承すれば、それで済むのか？」

「ん？」と牧野が美しく弧を描いた眉をひそめる。「もっと、嚙み砕いて言って」

「俺がOKを出したあとのことだよ。俺と牧野は、その、『付き合う』に該当する関係にならなきゃいけないのか？」

回りくどい訊き方になってしまった。しかし、「恋人」というフレーズを使うことにはなんとなく抵抗があった。その言葉には、「付き合う」よりも生々しく、強い響きがあるような気がする。

「それは分からないよ」

牧野の答えはシンプルだった。

「分からないって、なんで」

「だって、夢で見るのは次の日のことだけだから。寝てみないと明日のことは分からないんだよ」

「また、勝手なルールを追加して……」

「だから、私が考えたんじゃなくて……」

「分かってる、くだん様の仰《おお》せのままに、だろ」

俺は大きく息を吐き出し、肺に溜まっていた空気を新鮮なものに交換した。それで、多少は気分がすっきりした。

予知夢がどうとか、予知に反した行動を取ると死ぬとかいうのは、すべて牧野の空想であり、作り話だ。牧野はそれに付き合ってくれと言っている。正直なところ、どうして俺がそんなことに協力しなきゃいけないんだよ、と思う。

「北原くん。残り三分を切ったよ」

牧野が焦った様子でスマートフォンの画面を指先で叩く。

俺は首を振り、彼女の方に体を向けた。

「……分かったよ。予知の通りに行動するよ」

くだらないごっこ遊びはやめてくれ、と拒絶することはできた。それでも俺は、違う道を選んだ。理由はシンプルだ。悲しむ顔より笑う顔を見ていたい。そう思ってしまったからだ。それは間違いなく、彼女の偏差値九十超えの笑顔の功績だった。

「ホントにOKなの？　よかった。じゃあ、そっちに立ってくれる？」

牧野が、いそいそと指示を出して立ち上がる。言われた通りに動くと、俺と彼女は、ベンチの前で向き合う格好になった。

白い歯を見せながら、牧野が言う。

「じゃあ、もう一度言います。北原くんのことが大好きです。私と付き合ってください」

「……ん？」俺は首をひねった。「昼間とセリフが違わないか？」

「アドリブだよ、アドリブ。雰囲気出さなきゃ、くだんが納得してくれないよ」と牧野が周りを窺いながら小声で言う。「それより北原くん、お返事は？　早くしないと日付が変わっちゃう」

「ええと……じゃあ」

「あ、『俺も好きだよ』とか言ってもいいよ」

「時間がないんだろ。余計な口出しはしないでくれ」

睨みつけると、牧野は「ごめーん」と笑いながら手を合わせる。どう見ても俺の命が懸かっているとは思えない軽さだ。

「じゃあ、もう何も言わないよ。張り切ってどうぞ！」

「……。えっと……」

所詮は芝居にすぎないのだと分かっていた。それでも、俺は鼓動がどんどん速くなるのを止めることができなかった。

夜の公園は静かすぎた。通行人も車も飛行機も野良猫も、俺たちに遠慮して近づかないようにしているんじゃないかと思うほどだった。

この心音が聞こえやしないかとはらはらしながら、「……まあ、別にいいけど」と俺は言った。

「え？　なんて？」

牧野がにやにやしながら耳に手を当てる。

「聞こえただろ」

「声が小さくてよく聞き取れなくて。もっともーっと大きな声でお願いしまーす」

完全に遊んでやがる。俺は舌打ちをかろうじてこらえて、拳《こぶし》を握り締めながら叫んだ。

「喜んで付き合わさせていただきます!!……これで満足したか？」

「最後のが余計だけど、まあまあ上出来だね。じゃ、目を閉じて。もう一つ予知があるから」

「え、なんだよそれ。そんなの言ってなかっただろ」

「いいから早く！　時間がないんだってば！」

「……分かったよ」と俺はしぶしぶ目をつむった。

地面を踏む音が微《かす》かに聞こえた、と思った次の瞬間、唇に柔らかいものが押し付けられた。

慌ててまぶたを持ち上げる。

睫《まつげ》毛と睫毛が触れる距離に、牧野の顔があった。その近さの現実感のなさに、俺は軽いめまいを覚えた。

二秒ほど唇を押し当ててから、牧野はそっと体を離した。

「な、なにするんだよ！」

「だから予知だってば。事故みたいなものだからお互いノーカンってことで」

牧野は平然と言って、左手に持ったスマートフォンをこちらに向けた。俺の目の前で、時刻が〈23：59〉から〈00：00〉に変わった。

「間に合った……ってことでいいんだよな」

「たぶんね。さーて、それじゃあ帰りますか。親にバレたら大変だし」

そう言って、牧野は大きく伸びをした。

俺は袖で口元を拭いて、「警官に気をつけろよ。時間が時間だし、見つかったら補導されるぞ」とアドバイスした。俺の声は震えていなかったが、心臓は爆発しそうなくらいに激しく動いていた。

「そういう予知は見てないから大丈夫だと思うけど、分かった、注意する」

「あと不審者にも」

「えー、なにー？　彼氏みたいなこと言うじゃん」

「……常識的な忠告だろ」と俺は言い返した。

「常識的な男子なら、『送っていこうか』って言うかも」

「それは下心があるやつが言うことだな」

「え、ないの？　下心」

「皆無だよ。言っておくけど、今夜のことは他のやつには内緒にしておいてくれよ。学校では今まで通りで頼む」

「なにそれ、ツンデレ？」

「断じて違う。無駄に波風を立てたくないだけだ」

「分かってるよ。北原くんに迷惑は掛けないつもり。予知がなければ、だけど」

「くだん様によく言い聞かせておいてくれ」と釘《くぎ》を刺してから、「じゃあな」と俺は牧野に背中を向けた。

「はーい、おやすみなさいー。明日以降の予知をお楽しみにっ」

不穏なことをさらりと付け足して、牧野は走り去った。

しばらくしてから、俺は足を止めて振り返った。

牧野も同じように、こちらを見ていた。

にこっ、と彼女が薄闇の中で笑った瞬間、体が熱くなった。俺は「ふん」と呟き、踵《きびす》を返して歩き出した。

角を曲がってから、唇をなぞってみる。キスの感触は生々しく残っている。今でもまだ触れ合っているような感覚さえある。体のその部分だけ時間が止まってしまったかのようだった。

鼓動は、まだ収まる気配はなかった。
ほてった頰に、五月の夜の風が心地よかった。

第二章　約束

2919——【2017・6・16(金)】

牧野との「交際」が始まって、ちょうどひと月が過ぎた。

付き合い始めの男女にとって、最初の一カ月はかなり重要なのではないかと思う。頻繁に会ってあちこちに出掛けたり、一日に何度もSNSでメッセージのやり取りをしたりと、積極的にコミュニケーションを取ろうとするだろう。そうして、相手の仕草や言動から自分との相性を探り、その後も交際を継続するかどうかを見極める。経験したことはないが、きっとそんな感じなのではないかと推測する。

しかし、そういった交流は、見事なまでに俺と牧野の間には起こらなかった。学校で会えば挨拶くらいは交わすが、彼女はいつも何人かの女子たちとつるんでいて、その輪を抜け出してまで俺に近づいてこようとはしなかった。

要するに、俺は例の告白の前と、何も変わらない生活を送ることができていた。だから、もう何も起こらないのだろうとすっかり油断していた。

その日、午前中の授業が終わると同時に、俺は愛用のリュックサックを持って教室を出た。食堂へと向かう生徒の流れに逆らうように廊下を進み、二階の渡り廊下を通って、音楽室や美術室などの特別教室がある別館へとやってきた。ゴムとワックスが混ざったような、別館の独特な空気を嗅ぐとほっとする。こちらに来るとひと気はすっかり消え、本館の方から話し声がざわめきとなって聞こえてくるだけになる。

階段で一階に降り、廊下の突き当たりにある物理教室に向かう。その名の通り、物理の授業で使う部屋だ。最近、俺はよくここで昼休みを過ごす。

がらりと戸を開ける。コロッセウムのような階段状の教室に他の生徒の姿はない。いつもと同じだ。

後ろの方に座り、リュックサックから、コンビニで買った焼きそばパンとおにぎりとお茶のペットボトル、そしてノートパソコンを取り出す。

俺はノートパソコンを開き、おにぎりをかじりながら、機械学習のプログラムの修正に取り掛かった。

始めた頃は苦戦続きだったが、ようやくコツが摑めてきた。一度に何もかもを処理するのではなく、小さなブロックに分けてその中で計算を完結させ、出てきた答えをあとで統合する方がエラーが出にくいことに気づいたのだ。デカルトは「困難を分割せよ」と言い、ビル・ゲイツは「問題を切り分けろ」と言ったらしい。先人の知恵はなかなか大したものだと思う。

基礎的な処理ができるようになったので、俺はより複雑な課題に挑み始めていた。画像を認識して何が映っているかを判定するとか、会話文を読んで話者の感情を読み解くとか、そういった類いのものだ。少しでも時間を有効利用したいが、さすがに教室でノートパソコンをいじっていたら注目されてしまう。だから、一人になれる場所にやってきたというわけだ。

そうして食事をしながら画面を眺めていると、近づいてくる足音が聞こえた。

この部屋を使うようになって二週間ほどになるが、昼休み中に誰かが入ってきたことは一度もなかった。自分だけの場所にできると思ったが、似たことを考える人間は他にもいたらしい。プログラミングをやりたかったが仕方ない。今日は諦《あきら》めて教室に戻るとしよう。

食べ終わったゴミをコンビニのレジ袋にまとめる。ノートパソコンを閉じようとしたところで、教室の戸が開いた。

「やっぱりここにいたんだ」

いきなり牧野が登場したので、俺は思わず立ち上がっていた。

彼女は戸を閉めて、とんとんと俺のところまで上がってきた。

「……どうしてここが分かったんだ？」

「それはもちろん、予知だよ」と牧野が得意げに笑う。「昨日の夜、ここで君に会う夢を見たんだ」

「くだん様は何でもお見通しってわけか」

俺は嘆息して座り直した。無論、牧野の言い分を信じたわけではない。どうせ、俺が教室を出て行くところを見ていたのだろう。

「お昼ご飯、もう食べちゃったんだ」

牧野が水色の布の袋から、赤い楕円形の弁当箱を取り出す。女子らしい、小ぶりなものだ。

「ついさっきな。じゃあ、俺はもう行くから。ゆっくり食べたら」

「それは困るんだよね。予知をちゃーんと実現してもらわないと。死にたくなかったら、おとなしく従ってもらえるかな」

「……脅迫だな、完全に」俺はこれ見よがしにため息をついてみせた。「で、今日はどんな予知なんだ？」

「デートに誘って」

「……俺が？」と自分の顔を指差すと、「他に誰がいるの？」と呆れられた。

「誘えって言われてもな……。もう少し具体的に頼む」

「その辺はアドリブでいいよ。何回か経験あるでしょ？　それと同じで大丈夫」

「……やったことないんだけど」

「へえ、そうなんだ！」

急に牧野のテンションが上がる。なんだその勝ち誇った顔は。デートなんて日常茶飯事でしょ、とでも言いたいのか。俺は何とも不快な敗北感を味わいながら、「じゃ、明日どっかに出掛けるってことで、よろしく」と目を逸らした。

「えー、なんで棒読みなの」牧野が不満げに眉をひそめた。「もっとこう、感情を込めようよ。せっかく彼女と初めて遊びに行くのにさぁ」

「別に彼女じゃ……」

ないだろ、と言いかけたところで、「しーっ」と牧野が俺の唇に指を当てた。彼女に触れられた瞬間、どん、と心臓が俺の胸を内側からノックした。

「言葉遣いに気をつけて。くだんがどこかで聞いてるかもしれないよ」

「どっちが罰当《ばちあ》たりなんだよ。都合よく呪いを出すなよ」と俺はその指を払いのけた。

「まあまあ、そんなに怒らないで。じゃあ、明日はデートってことで。どこに行くかは私の方で考えておくよ。北原くん、そういうの苦手そうだし」

「よろしく頼むよ。俺はバリバリの初心者なんでね！」

「やけにならないの。ちゃんとエスコートしてあげるからさ。あ、そうだ。連絡先、教えてよ」

「は？　なんで？」

「デートの待ち合わせに必要だからだよ。ＳＮＳのアカウント、一個くらいは持ってるでしょ？　それでいいから教えて」

「悪いけど、持ってない」

俺には、日常的にメッセージを送り合う友人もいないし、自分の思うところをネット上で披露する趣味もない。ＳＮＳなんて無用の長物だ。

「えー、ホントに？　じゃあ、作ろうよ。私との連絡専用アカウント」

「悪いけど、俺、そもそもスマホを持ってないから」と俺は言った。理由は前述のものとほぼ同じなので割愛する。

「……マジなの？」

「大マジだ」と俺は頷いた。「その代わり、二つ折りの携帯電話なら持ってる。ネットに繋ぐと馬鹿高い通信費を取られる、旧時代の遺物だけどな。そのメールアドレスなら教えられる」

「そういう人、いるんだね……」

牧野は本気で驚いているようだった。ただでさえ大きな目をさらにめいっぱい見開き、全力で「アンビリーバブル」感を俺に伝えようとしていた。

「いるんだよ。勉強になっただろ」

「……じゃあ、しょうがないからそれでいいよ。その代わり、私からのメールはちゃんと読んでね。命に関わることなんだから」

「善処するよ」

俺はわざと投げやりに言って立ち上がった。

さっさと片付けようとノートパソコンの蓋《ふた》に手を掛けたところで、「さっきから気になってたんだけど、それ、なに？」と牧野に訊かれた。

「予知だよ」

「え？　どういうこと？　北原くんも実は呪われてたとか？」

「そんなわけないだろ。『予知』っていうのは単なる比喩。これは、機械学習のプログラムだよ。質問を与えると、それにちゃんと答えてくれるんだ」

「へえー、プログラム。えっと、そんな宿題出てたっけ？」

「出てないって分かってて訊いてるだろ。趣味だよ、趣味」

「ほー、それはまた高尚な趣味だね」と牧野が画面を覗き込んできた。「うわー、全然分かんないなあ。これ、何語?」

「Pythonっていうプログラミング言語。ベースは英語だな。これを使って、コンピューターに命令を出すんだよ」

「自分で勉強したの?」

「そりゃそうだろ。参考書を読んだり、ネットでいろいろ調べたり……そんな感じだな。まあ、まだまだレベルは低いんだけどさ」

俺なりに真剣に取り組んでいるが、所詮は独学だ。高校で情報系のコースを選択しているような連中にはかなわないし、世界に目を向ければ、俺くらいの年齢で実用的なプログラムを作れるやつは何千人といる。

「それでもすごいよ。ちょっと見せて」

牧野は俺を押しのけてノートパソコンの前に座った。好き放題に振る舞いすぎだ。俺は仕方なく隣の席に移った。

牧野は画面をスクロールさせながら、「すごーい」を繰り返している。輝く彼女の瞳を見て、意外だなと思った。勝手な印象だが、牧野はこういうジャンルに興味があるタイプには見えなかったからだ。

「ね、これってさ——」

突然、牧野がこちらを向いた。俺は横から画面を見ていたので、結構な至近距離で見つめ合う格好になってしまう。

息遣いや香りや、体温までも伝わってきそうな距離感。キスの直後を思い出し、体が硬直してしまう。

牧野の方に動揺の気配はない。瞳を逸らすでもなく、堂々と俺を見つめている。間近で見る牧野の顔は、崇高なものを感じるほど綺麗だった。

間近で見つめ合っていたのは、ほんの数秒のことだった。牧野はふっと息をついて、また画面に目を戻した。

「……なんていうか、もったいないよ」

「もったいない？」

「すごいことをやってるのに、それを他の人に隠してるじゃない。昼休みにこんなところでこそこそノートパソコンを開いてるわけだし」

「別にいいだろ。一人でやるのが性《しょう》に合ってる」

「そうかなあ？　何人かでやる方が楽しいんじゃない？　せっかくだし、ブログか何かで紹介してみたら？　気の合う友達ができるかも」

「誰かに見せるようなもんじゃないよ。それに、手の内は隠しておきたいしな」

「手の内ってどういうこと？　誰かと戦ってるの？」

「今年の秋に、世界中の学生を対象にしたプログラミングのコンテストがあるんだ。それに出てみようって考えてる」

去年の終わりくらいからそのことは考えていたが、誰かに話したのはこれが初めてだった。ちらりと牧野の反応を窺《うかが》う。彼女は目をキラキラさせながら、さっきより大きな声で「すごーい！」と手を合わせた。

「……別にすごくはないけど、目標があった方がやる気が出るだろ。まあ、俺のレベルじゃ、入賞できる可能性は低いけど」

「入賞できるよ、絶対！」と牧野が断言する。「くだんの名に懸けて、断言するよ！」

「いや、予知できるのは次の日のことだけだろ」

「それはそうなんだけど、なんか感じるんだ。きっとうまくいくって」

繰り返されるとさすがに気恥ずかしい。俺は頭を掻きながら、「ま、励ましの言葉だと思うことにするか」と言った。

「こういう趣味があるってことは、やっぱり大学は情報系の学部に進むの？」

「そうだな。それは間違いないと思う」

「第一選択肢はやっぱり東大？」

「家から通えるし、そっちでもいいけど、海外も視野には入れてる。まだ頭の中で考えてるだけなんだけど、いずれ日本を出るなら、早い方がいいかなって」

「おー、いかにも天才って感じの発想だねえ。そうかあ、いきなり海を渡っちゃうかあ。でも、海外は……どうかな、大丈夫かな」

腕を組み、牧野が難しい顔で首をかしげる。

「もしそうなったら、準備はちゃんとやるよ。まず間違いなく英語圏になると思うし、最低限リスニングは鍛《きた》えて行くつもりだけど」

「ううん、そっちは心配してない。そうじゃなくて、予知がどうなるかなと思って。例えば北原くんがアメリカに行ってる時に、日本で再会する夢を見ちゃったら、すごく困るよね。急に帰国はできないでしょ？」

「何だよ、くだんの呪いは海も渡るのか？　ずいぶんグローバルだな」

牧野は首に掛かった髪を指先で弄びながら、「……遠くにいる人が予知に登場したことはないんだ」と言った。「北原くんが日本を出たらどうなるかは分からないね。っていうか、ほとんど何も分からないんだけど」

「ふーん。なら、いずれ試してみるかな。東京を離れるだけで『くだん圏外』になるかもしれない」

「命を懸けた大冒険になるね。……あーあ、万が一のことがあったら辛いなあ。人類の未来を支える人材が、私のせいで失われるなんて」

「死ぬつもりはないけど、そんなに期待されても困るな」

「そう？　なんか、北原くんって、将来の人生設計がもう完璧にできてそうな気がする。どうせあれでしょ、大きな野望とかがあるんでしょ？」

「野望……かどうかは分からないけど、目標はある」と俺は言った。

「ほら、やっぱり。それってどんなの？　話してみてよ」

にこにこしながら、牧野が体ごとこちらに向き直る。その目には期待感が満ち溢れているように見えた。とても楽しそうだ。

他の相手なら、笑われるか呆れられて終わるかもしれない。でも、牧野ならきっと大丈夫だろう。そんな予感に背中を押されるように、俺は言った。

「……俺、人工知能を作りたいんだ」

「人工知能。ほほぅ」牧野が口笛を吹くように口を尖らせる。「テレビのニュースで見たことがあるよ。あれでしょ、将棋とか囲碁とかで人間に勝っちゃうやつ」

「それも人工知能だけど、そういう特定の機能に特化したものじゃなくて、もっと汎用的にしたいんだ。人と対等に会話して、自分で考えて判断できるくらいに」

「ふうん……。ちなみに、それって可能なの？」

「分からないな。できるできない以前に、実力不足でその目標がどのくらい遠くにあるのかが分からないんだ。だから、漠然とした憧れだよ、少なくとも今のところは」

「でも、できたらすごいよね」牧野がしみじみと言う。「それって、神様になるようなものだもんね」

「……確かに」

電子の世界に、架空の人格を生み出す。それはまさに、神話における神の御業《みわざ》と同じ行為だ。

「あっと、そろそろご飯を食べないと」

そう言って、牧野が弁当箱を開ける。俵形《たわらがた》の小ぶりなおにぎりが三個。ウインナーとミニトマト、それから卵焼きと茹《ゆ》でたブロッコリー。隅の方にある黒いのは、ひじきの煮物か。オーソドックスな品ばかりだが、弁当箱に丁寧に収められた様は、見ていて気持ちのいいものだった。

牧野は卵焼きを頬張り、「ねえ、これってさ」と白い箸でノートパソコンの画面を指した。

「おい、行儀が悪いな」

「別にいいじゃない、私たちしかいないんだし。それよりほら、せっかくだし、プログラムの基本を教えてくれない？　簡単にでいいから」

「……俺、教えるのは苦手なんだけどな」

「いいから、ほら。例えば、この行はどういう意味なの？」

「えっと、それはデータを格納してあるフォルダの場所を指定するコード《命令文》で……」

何が面白いのか、牧野は次々に説明をねだってきた。自分の書いたプログラムを解説するのは初めてだ。俺はまごつきながらも、一つ一つ丁寧に質問に答えていった。

本館から離れた物理教室にやってくるもの好きは他にはおらず、結局俺と牧野は昼休み中ずっと同じ部屋にいた。

説明で忙しかったおかげか、明日のデート云々のことはすっかり俺の頭から抜け落ちていて、午後の授業が始まるまで、俺はそのことを思い出さなかった。

2920――【2017・6・17(土)】

牧野とのデートの日は、静かに訪れた。

午前七時前に目を覚ますと、家の中はひっそりとしていた。両親はまだ寝ているのだろう。

ちなみに父と母は今でも仲が良く、同じ寝室の同じベッドで、同じタイミングで寝起きをしている。

　ベッドを降り、カーテンを開けてみる。空はどこまでものっぺりした灰色の雲に覆われていた。見事なまでの曇りっぷりだ。ただ、予報では雨は降らないようだ。六月の半ばにしては結構涼しいし、外出に向いていると言えなくもなさそうだ。

「……デート、か」

　俺はカーテンを閉め、ベッドに腰を下ろした。

　昨日、久々に牧野とガッツリ会話を交わしてから、俺はある事柄について考え続けていた。

　それは、「くだんやら予知夢やらは単なる照れ隠しで、牧野はシンプルに俺のことが好きである」という仮説だった。

　以前にも——具体的に言うと、告白とキスをされたあの夜にも、俺はそれについて真剣に考えた。夢で見たからといって、好きでもない相手とあんなことができるだろうか。コミュニケーション能力の高い牧野でも、さすがにそれはノーだと思うのだ。

　ただ、そう簡単に仮説を採用していいのか、と迷う面もある。付き合い始めてからひと月も音沙汰がなかったのに、昨日になって急にデートに誘えと言われた。俺の仮説とこの空白期間は矛盾している気がする。俺のことが本当に好きなら、初デートまでにこれほどの時間をかけるのは妙ではないか。

牧野は本当に夢に忠実に行動しているのだろうか。それとも……。

そんなことを考えていると、携帯電話に牧野からメールが届いた。

〈おはよう。今日のデートだけど、予知により、ショッピングモールで遊ぶことに決定しました！〉

牧野のメールはそんな風に始まっていた。詳細なデートプランは書いていなかった。待ち合わせ場所と時刻が綴《つづ》られているだけだ。〈楽しい一日にしようね！〉という一文で、牧野は文章を締めくくっていた。

出掛けるまでまだ時間がある。俺はもう一度ベッドに潜り込んだ。

念のためにアラームをセットしたところで、青い光が目に入った。電源を入れっぱなしにしている、デスクトップパソコンの筐体《きょうたい》のパイロットランプだ。

相棒が俺からの命令を待っている。だが、今日は夜まであいつの出番はないかもしれない。

「楽しい、一日……か」

果たして、彼女にとっての「楽しい」と、俺にとってのそれは同じなのだろうか？

俺は頭から布団をかぶり、その問いについてしばらく考えた。だが、結論が出ることはなかったし、二度寝をすることもできなかった。

午前九時四十分。俺は通学に使うのと同じ路線の電車に乗っていた。

高校の最寄り駅を通過し、電車は西へと突き進んでいく。車内は割と込み合っている。行楽地に向かうのだろう、誰もが楽しそうな雰囲気を漂わせていた。

やがて、目的の駅に到着した。乗客の流れに乗り、俺も電車を降りる。

ホームから階段を上がり、半信半疑で改札に向かうと、牧野はちゃんと、待ち合わせ場所である切符売り場のそばに立っていた。薄いピンク色の花があしらわれた白のワンピースを着た彼女は、なんだかずいぶん大人びて見えた。

「あ、おはよう！」

俺に気づき、牧野の表情がぱっと華やいだものになる。

「おはよう。……まあ、なんていうか、涼しくてよかったよ」

「そうだね。昨日は眠れなかったんじゃない？　今日が楽しみすぎて！」

「いや、割と普通によく寝られた」

「ありゃ、そうなんだ。残念」と牧野が笑う。

「ちなみにそっちは？」

「私？　私はしっかり寝たし、夢も見たよ。北原くんとのデートの予知夢をね。じゃ、さっそく行こうか。まずは、ショッピングモールの雑貨屋さんを見て回ろう」

「予知でそう決まってるからだな」

「そうそう。くだん様の思《おぼ》し召《め》し。昨日の夜は長い夢を見たから、あちこち回んなきゃいけないの。頑張ろうね」

「へいへい」

予知夢についていちいち議論を吹っ掛けるのも面倒だったので、おとなしく指示に従うことにした。

駅はかなりの混雑ぶりだ。親子連れも多いが、中高生の姿も同じくらい目につく。気軽に来られることもあり、ここのショッピングモールは若者の訪れる場所として定番になっているらしい。

もしかしたら、俺たちの同級生も遊びに来ているかもしれない。二人でいるところを見られたら……と考えずにはいられなかったが、肝心の牧野はまるでそんなことは気にしていないようだ。新しいスマホを買うかどうか迷っているという話をしながら、俺と横並びになるように、こまめに歩調を合わせようとしている。

まあ、見られたらその時はその時だ、と腹を括《くく》り、駅ビルと連絡橋で繋がったショッピングモールにやってきた。

「お目当ての店は三階だよ」

そう言って、牧野は迷わずにエスカレーターの方に歩いていく。建物は円筒形で、中が吹き抜けになっているので、下から上まですっきり見通せる。

「ここ、来たことあるのか？」

「うん。志桜里と何回か。北原くんは？　って、訊くだけ無駄かな？」

「大いなる無駄だね」と俺は即答した。「最近は、必要なものはなんでもネットで揃《そろ》うからな」

「ちっちっちっ」牧野が指を顔の前で左右に振る。イラっとくる仕草だ。「分かってないなあ。目的を決めずに、心の赴《おもむ》くままにお店を巡るのが楽しいんだよ。買うために外出するんじゃないの。外出してから買うかどうか考えるの」

「男女の脳の違いが生む、認識のずれだな」

「そうかな？　北原くんが特殊なんじゃない？」

エスカレーターの上の段から牧野が訊いてくる。

「実体験だよ。うちの両親、時々二人で買い物に行くけど、帰ってくると父親はいつもぐったりしてるよ。歩かされすぎて疲れるんだってさ。靴を買いに行ったのに、靴屋以外のすべての店にも立ち寄らされたって愚痴ってた」

「……いいなあ、それ」と牧野が眼下に広がる二階フロアを眺めながら呟いた。

「何がいいんだよ」

「だって、お父さんとお母さんが今でも仲良しって証拠じゃない。本当に嫌だったら途中で帰るだろうし、そもそも一緒に外出しないいんじゃない？」

「確かに仲はいいけど、長年の阿吽《あうん》の呼吸っていうか、父親の方が母親に気を遣ってるんだと思うけどな。いつも家事をやってもらってるんだから、休みくらいは我慢して付き合うか、みたいな」

「そういうのも含めて、素敵だと思ったの」

「ふーん。変わってるな」

「変わってるのは君の方だよ、間違いなくね」

「へっ。『くだん様』とか言うやつに言われたくはないな」

などとやり合っている間に三階に到着していた。

最初にやってきたのは、海外からの輸入雑貨を売っている店だった。主に北欧の方から仕入れているらしく、原色をふんだんに使った商品が目につく。おもちゃ、食器、文房具、インテリア……。高校の教室ほどの広さの店だが、商品のラインナップはかなり多彩だ。

牧野は通路をゆっくり歩きながら、念入りに左右の棚を確認している。ウニのように刺々《とげとげ》したゴムボールを手に取って転がしてみたり、猫の顔の形をしたクリップをカチカチさせてみたり、手のひらサイズのミニチュアウクレレの音を確かめたり……。

しばらくその様子を見守っていたが、いつまで経っても品定めが終わらない。俺は我慢できずに「どれを買うんだ？」と尋ねた。

「うーん、もうちょっと待って。いま探し中だから」

「は？　予知に従って動いてるんじゃないのかよ」

周りの客を気にしながら、俺は小声で言った。

「何を買ったかは分かってるんだ。会計のシーンが夢に出てきたから。でも、どこのお店にあるかは分かんなくて……」

「ちなみに、どんなのを買うんだ？」

「ボールペン。本体が金属製で、色は薄いピンク。中が見える、白い箱に入ってたよ」

ウニボールも猫顔クリップもミニウクレレも関係ないじゃないか。買うものが決まっているなら、最初からそう言ってもらいたい。

俺は牧野と離れて、一人で店内を見て回ったが、彼女が挙げたような商品はどこにも見当たらなかった。

「ないな、ここには」

「みたいだね。じゃ、次行こうか」

当然のように、牧野は隣の別の雑貨店に入ろうとする。「なあ、手分けして探さないか」と俺は提案した。「その方が効率がいいし」

「えーっ」と牧野が顔をしかめる。「それだと、デートじゃなくなるじゃない」

「常に一緒に行動するって夢を見たわけじゃないだろ？」

「それはそうだけど……」と呟《つぶや》き、牧野は慌てた様子で首を振った。「いや、見たよ。一緒に見つけたんだよ、そのボールペン。それで、『すげーいいじゃん』って北原くんが言って、私にプレゼントしてくれたの。あ、さっき『見た』って言った会計のシーンは、君が買ってるところだよ、もちろん」

「……いま考えただろ、その流れ」

「そんなことないよぉ」といたずらっぽく牧野が笑う。

さすがに今のは嘘だと俺は思った。自分の思い通りに俺を動かすために、ありもしない「予知」をでっちあげたのだろう。

やっぱり、予知夢云々は全部でたらめで、牧野は純粋に俺のことを……。

神経シナプスの間に浮かび上がってきたその考えを、慌てて意識の底へと沈める。今は余計なことを考える時ではない。

俺は腰に手を当て、大きく息を吐き出した。

「……分かったよ。じゃ、とっとと進めようぜ」

「うん。あ、見て見てこれ。アルパカのマグカップだって。可愛いと思わない？」

「だから、それは必要な行動じゃないだろ」

すかさず注意すると、牧野は「細かいなあ」と不満げにマグカップを棚に戻した。「あれだね。まるでコンピューターのプログラムみたいだよ。予定外の動きに厳しすぎるんじゃないかな。メールに書いたでしょ？　楽しい一日にしようね、って」

「体力を温存したいんだよ」

「大丈夫、まだまだ若いんだから」

「いや、そういう問題じゃないって……」

不毛なやり取りをしながら二軒目の雑貨屋を見て回ったが、やはり目的のボールペンは見つからない。

ひょっとしたら、そんなものは最初から存在しないのでは——と疑い始めた直後のことだ。三軒目に足を踏み入れてすぐ、俺は棚の下の方に白い箱を見つけた。

手に取って確認すると、透明なプラスチックのカバーの向こうに、牧野が言っていた特徴を完璧に兼ね備えたボールペンが収められていた。

「あったよ」

「え、ホント？　よかった。じゃ、指示通りにお願いします」

「えーっと、なんだっけな。『すげーいいじゃん』……だっけか」

「そうそう。それで私が、『うん、すっごくいいね』って言うんだ。ちょっと見せて」

牧野は箱を手に取り、上下左右からじっくり観察してから、「いいね！」と親指を立てた。

「で、これを俺が買えばいいんだな？」

値札を確認すると、一九八〇円だった。まあ、このくらいの出費は許容するか。俺は言われるがままにそのボールペンを買い、牧野に手渡した。

「わあ、ありがと。初めてのプレゼントだね！」

牧野は微笑んで、赤と緑のストライプの紙で包装された箱を胸にぎゅっと押し当てた。

「初めてって……次もあるってことか？」

「どうかな。もしかしたら、あと一時間以内にチャンスがあるかも」

「チャンスじゃなくてピンチだな。っていうか、『もしかしたら』ってことは、予知夢に出てないってことだな？　言い直しはナシだぞ」

「あ、そっか。しまったな。ちょっとその辺のベンチで居眠りしてきていい？」

「いいわけないだろ。今日はもう何も買わないからな」

「分かったよ。今夜以降の夢に期待を託すってことで」

「好きにしろよ。で、これで無事にお役御免《やくごめん》か？」

「まさか。まだまだだよ。次はね……そうだね、映画かな。まだ十時過ぎだし、ご飯は見終わってからの方がいいでしょ。十時半の回に間に合わせたいから急ごう」

抵抗しても無駄に終わりそうだったので、俺は素直に五階の映画館に連行された。

今日から始まっている作品がいくつかあり、牧野はその中から、中世を舞台にしたアクション映画を選択した。最初からそれに決めていたのか、まったく迷う様子がなかった。もちろん、俺への相談もなかった。

座席は隣同士、チケットは個別に買った。おごりじゃなくてホッとした。

前の上映が終わるのを外で待ちながら、壁に貼られている映画のポスターを眺める。知っているタイトルは、その中には一つもなかった。

「北原くんは、映画は見る？」

「いや、全然。たぶん、小学校四年の頃、親と一緒に見たのが最後かな」

その記憶は正しいはずだ。上映中に食べたポップコーンが驚くほど美味かったことを覚えている。ただ、「映画を見た」ことは確かでも、そのタイトルや内容はまるで思い出せなかった。

「ふうん、ＤＶＤを借りたりもナシ？」

「見ないね、ドラマも映画も。牧野は？」

「私も時々、かな。友達に誘われたら、って感じ。話題作を中心にね」

「ふーん……それが一般的な女子高生の映画鑑賞スタイルか」

俺はそこで唐突に、ある疑問を覚えた。

いや、「唐突に」という表現は正しくない。今まで何度か考えたが、そのたびに忘れようとしてきた疑問だった。

前の回の上映が終わり、客の入れ替えが始まった。

「あ、もう入れるみたい。行こうか……って、あれ？　なんか表情が暗いよ」

ごまかすことはできたかもしれないが、ごまかしたことを悟られるのは嫌だった。

俺はチケットカウンターの方を見ながら、「牧野は、こういうの、慣れてるのか？」と尋ねた。

「こういうの、って？」

「まあ、あれだな。いわゆるデートだな」

「ああ、うん、そうだね……人並みに、って感じかな」

ぎこちなく牧野が白い歯を見せる。

「……そっか、さすがリア充だな」

俺は心の疼《うず》きを押さえつけるように、無理やり笑ってみせた。

「まあね。私なりに人生を謳歌《おうか》してるよ。北原くんも私を見習うようにね」

牧野は胸を張り、「行こうか」と俺の手を取った。

その温かさと肌の滑らかさに俺は困惑してしまう。だが、牧野は全然平気そうな顔で薄暗い通路をずんずんと進んでいく。

牧野にとって、このくらいの触れ合いは日常茶飯事なんだろうなと思ったが、さすがにそれは口にしなかった。


映画のあと、ショッピングモール内のフードコートで食事をとることになった。

百を超えるテーブルが並び、その周囲に様々な店が軒を連ねている。ラーメン、パスタ、とんかつ、ハンバーグ、お好み焼き、寿司……よほどの偏食でなければ、まず困ることはなさそうなラインナップだ。もうすぐ午後一時だが、まだまだフードコート内にはたくさんの人間がいた。

「で、ここでは何か指示はあるのか?」

「一つだけね。北原くんは好きなものを買っていいよ。私は少し時間がかかると思うから、適当な席を確保して待ってて」

そう言って牧野は人ごみの中に姿を消した。相変わらずの身勝手ぶりだ。

相手を待つなら、のびてしまう汁物の麺は避けた方が無難だろう。ざっと周囲を見回して、俺はお好み焼きを選んだ。

自分の分の豚玉を買って、通路から見やすい席に腰を落ち着ける。

隣のテーブルで食事をする親子連れを眺めながら待っていると、十分ほどで牧野が戻ってきた。右手にはハンバーガーチェーンの紙袋、左手にはクレープを持っている。

「カロリーの権化《ごんげ》みたいな組み合わせだ」と俺はコメントした。「意外と大食いなんだな」

「違うよー。クレープは二人でわけっこするんだよ。ちなみに、ダブルクリームストロベリーにしたからね」

「……ああ」と俺は吐息を落とした。「くだん様が食べたがってるのか」

「そうなんだ。だから、仕方なく、ね。クレープは私も滅多に食べないよ。北原くんの言う通り、カロリーがすごいから」

「ふーん。やっぱり太りたくないって思ってるんだな」

「そりゃそうだよー」と牧野が俺の向かいに座る。「人間の義務だもん」

「教育、勤労、納税、ダイエット……国民の四大義務だな」

「そういうこと。でも、北原くんはちょっと痩せすぎだね。ほら、フライドポテト全部食べていいよ」

「炭水化物ばっかりになるな。関西人もびっくりだ」

苦笑しつつ、渡されたSサイズのフライドポテトを何本かつまむ。この手のジャンクフードを久しぶりに食べたので、やけに美味く感じた。

「どろどろになっちゃうと台無しだから、先に食べちゃうね」

そう言って、牧野がクレープにかじりつく。すると、「狙ってただろ」と言いたくなるくらい、綺麗に鼻の頭に生クリームがくっついた。

「えへへ」照れ臭そうに笑いながら、牧野がクレープを差し出す。「北原くんも豪快にどうぞ」

クレープ生地には、牧野の噛んだあとがはっきり残っていた。俺はそれを避け、逆側から口をつけた。

生クリームとカスタードクリームの甘味が口いっぱいに広がる。少し遅れて、いちごの薄切りの酸味が追い掛けてくる。しかし、クリームの力は強烈で、口の中のものを飲み込んでしまうと、舌の上に残るのは脂の後味だけになった。

「どう？　おいしい？」

「味はまあ、悪くない。でも、女子の食べ物って感じだな。すぐ胸やけしそうだ。俺はもういいや。食べたかったら食べたら」

「あ、そう？　じゃあ謹《つつし》んで完食させていただきます」

恭しく受け取り、牧野はハンバーガーを放置してクレープを食べ始めた。実に嬉しそうだ。「くだん様」を言い訳にすれば、高カロリーのスイーツも罪悪感なく食べられるらしい。

クレープを半分ほど食べ進めたところで、「悲しいお知らせがあります」と牧野が言った。

「夢で出てきた光景は、これでおしまいです」

「ああ、そうなんだ。じゃあ、食べ終わったら帰ろうか」

「あのさ、もっと残念そうな顔をしてもいいんだよ？」

そう言って、牧野が紙ナプキンで鼻の頭と口の周りを拭く。

「あー、辛いなあ。もっと一緒に遊びたかったのになあ」

視線も合わせずに棒読みで俺がそう言うと、「え、ホント？」と牧野が食いついてきた。

「じゃあ、服を見に行こ！　私に似合うのを選んでもらって、それを二回目のプレゼントにしようよ」

「しようよ、じゃないよ。冗談で言ったんだよ。見たいんなら、一人で見てくれよ」

「ごめんね、私、冗談とかよく分かんなくって」

「よく言うよ、まったく……冗談の塊《かたまり》みたいなもんだろ」

俺が嘆息してみせると、牧野はテーブルに身を乗り出し、「……本当に、これでおしまいなの？」と上目遣いに訊いてきた。

俺は牧野の背後にあるゴミ箱に視線を移し、「そのつもりだけど」と呟いた。

ゆっくり体を引き、牧野は大きく息を吐き出した。

「……そっかあ。それはマジで悲しいお知らせだなぁ」

彼女の落胆した表情に、俺は違和感を覚えた。

牧野は、「夢の内容を実現しなければ、俺が死ぬ」と主張している。だから、俺は渋々彼女に付き合っている。受け入れられる可能性が高いのだから、残念だと感じているなら「実は、夢で見たシーンはまだあるんだ」と言えば済む話だ。

――もしかして、牧野は本当に、夢に忠実に行動しているのか？

その疑問が、むくむくと頭の中で膨《ふく》らんでいく。牧野は俺のことが好きなのか、それとも、くだんにコントロールされているのか。答えが出そうな気がしたのに、またスタート地点に戻ってしまった。

「あれ、どうしたの？　お好み焼き、まだ残ってるよ」牧野が不思議そうに言う。「ひょっとして北原くんも名残惜しさを感じてるの？　だからゆっくり食べてるんだ」

「……いや、別に。思ったより量が多かったからさ」

俺は氷の溶けたウーロン茶で口の中をリフレッシュしてから、お好み焼きをまた食べ始めた。

「ねえ、北原くん。今日、楽しかった？」

ちらりと顔を上げると、牧野はテーブルに両肘をつき、組み合わせた手に顎《あご》を乗せてこちらを見ていた。その瞳は、俺の返事への期待感で輝いていた。

「……まあ、あれだな。楽しくなくはなかったってことを、認めてもいいかなって気がしないでもないな」

「ん？　ん？」牧野が思いっきり首をかしげる。「否定の否定の否定の……えっと、ややこしいなあ。結局どっちなの」

「武士に二言はないって言うだろ」

「北原くん、武士じゃないじゃない」

「武士だよ。うちの先祖は北条家に仕えてたんだ。北原の『北』は、北条家から賜《たまわ》ったんだぜ」

「へー、そうなんだ、すごいね！」

牧野はこっちがびっくりするほど、簡単に俺の嘘を信じた。そのおかげで、さっきの牧野の質問に対する答えはうやむやになった。

そして、食事を終えた俺たちは、一緒に電車に乗り、午後三時前に自分たちの住む街へと戻ってきた。

牧野は改札を抜けると、「じゃ、またね」と手を振って去っていった。

結局、帰ると決めてから駅で別れるまで、牧野が予知を持ち出すことはなかった。その潔さに、俺は嚙みかけのガムを飲み込んでしまったような違和感を抱いたのだった。

2925——【2017・6・22(木)】

気づいた時には、俺は夢の中にいた。

知らない家の階段を上がっている。まただ、と俺は思った。これは普通の夢ではない。いつか見た、あの葬式の夢と酷似《こくじ》したリアリティがある。

どうしてこんなところにいるのだろう、と不思議に感じながらも、俺は何かに導かれるように階段を上がりきった。

どこかの民家の二階らしい。短い廊下の左手に、二つ部屋が並んでいる。

誰かに呼ばれたような気がして、俺は手前の部屋へと近づいた。そのドアには、板にフェルト生地のアルファベットを貼って作ったネームプレートが掛かっていた。

そこに並ぶ文字を見てハッとした。

〈YUNA〉

――佑那。牧野の下の名前と一致している。

この部屋に入らなければいけない、と俺は思った。

ドアノブを摑み、慎重にドアを開ける。

六帖《じょう》ほどの洋室だ。窓のカーテンが引かれているので薄暗いが、夜ではないようだ。室内には切ったばかりのリンゴのような香りが淡く漂っていた。この香りを俺は知っている。牧野が使っているシャンプーのものだ。

俺は足を止め、ゆっくりと室内を見回した。右手にベッドがあり、左手に本棚が、そして正面に勉強机が置かれている。

勉強机の上に一冊の本があった。硬い赤の表紙に、金文字で〈10 Years Diary〉と印字してあった。十年間も使える日記帳らしい。

この部屋にあるということは、これは牧野の日記帳なのだろう。

読んでもいいのだろうか？

普通に考えれば、絶対にノーだ。日記ほど、赤裸々に自分の想いが綴られているものはない。牧野の頭の中を覗き見るようなものだ。

だが、これは俺が見ている夢だ。夢の中でどう行動しようと、それは俺の自由であるはずだ。どれほど感覚がリアルであっても、罪悪感を覚える必要はない。

「……よし」

俺はカーテンを開けて明るさを確保してから、日記帳を手に床に腰を下ろした。

深呼吸をしてから、そろそろと表紙を開く。

最初のページに罫線や枠はない。日記を付け始めた日を記入する欄があるだけだ。その欄には何も書いていなかったが、すぐ下に短い文章があった。

〈お母さんへ　北原くんが困っていたら、これを見せてください〉

突然現れた自分の名前に、俺は動揺した。

牧野は、どうしてこんなことを……？

考えても答えが出るはずもないし、そもそもこれは夢なのだ。驚く必要はない。

俺は鼓動が落ち着くのを待って、ゆっくりと次のページをめくった。

一月一日という日付が見えた、次の瞬間。

目の前が真っ暗になった。

「……う……」

俺は仰向けで寝ていた。

瞬きを繰り返し、大きく息を吐き出す。

ここは、自分の部屋の、自分のベッドだ。夢から現実に戻ってきたのだ。

脇腹や背中に不快感があった。Tシャツが濡れ、肌にぺたりと張り付いていた。風邪で寝込んだ時のような、激しい汗を掻いていた。

もしかして……。

枕元の携帯電話を開く。俺の予感は外れた。牧野からのメールは届いていなかった。

時刻は午前三時を少し回ったところだった。俺は濡れてしまったシャツを着替えてから、再びベッドに潜り込んだ。

俺を待っていたのは、瞬間移動のような睡眠だった。

次に目を開くと、もう朝になっていた。夢の続きを見る暇はなかったのだろう。見たのかもしれないが、その記憶は欠片《かけら》も残っていなかった。

ここのところぐずついた天気が続いていたが、今日は朝から晴れて、かなり蒸し暑くなっていた。嫌な季節が近づいている気配をひしひしと感じる。

基本的に、俺は夏が苦手だ。寒さなら、服を着込めば防げる。だが、暑さはそうはいかない。クーラーを抱えて歩けない以上、外では暑さにひたすら耐えるしかない。ただでさえ少ない俺の体力はゴリゴリ削られ、一日を終えて学校から家に帰る頃には疲れ果てている。

そんな状態で、趣味のプログラミングがはかどるはずもない。俺にできるのは、外出しなくて済む夏休みが一日も早く訪れることを祈ることだけだ。

そんなことを考えながら電車に揺られていたら、「や、おはよ！」と肩を叩かれた。どきりと心臓が反応する。牧野の声だ。

振り返ると、頬に何かが刺さった。俺は思わず、「いてっ！」と電車内に響くような声を出してしまう。

牧野が驚いた顔で、自分の人差し指を見ている。どうやら、指を伸ばしながら俺の肩に触れたようだ。振り向くと指が頬に刺さるという、他愛もないイタズラだ。

「……ごめん、痛かった？　爪、こまめに切ってるんだけど」

牧野が申し訳なさそうに隣の吊り革を摑む。

「いや、そっちのせいじゃないよ。俺、昔から痛みに過敏なんだ。皮膚が薄いのか神経が妙に敏感なのか知らないけど」

「そうなの？　ちょっと意外かな……むしろ、やせ我慢とか得意そうなのに」

「どんな風に見えてんだよ」と俺は苦笑した。

「だって、孤独に耐えてるじゃない。学校でいつも一人きりだし」

「耐えてるんじゃなくて、望んで一人になってるんだよ」と俺は反論した。

確かに一人きりの時間が圧倒的に長い。そんな学校生活を、「孤独で味気ない」と評する人間もいるだろう。確かに思春期らしい彩りは乏しいが、望んでやっていることなので、俺は別に何の不満もなかった。

『やりたいことを、やりたい時に、やりたいようにできる。人間にとって、それが一番大事なことだ』

二年前に亡くなった俺の祖父は常々そう言っていた。実に正しい意見だと思う。友達付き合いを否定するつもりはないが、それに振り回されて自分の時間を手放すような真似はしたくない。

要するに、これは社交性ではなくポリシーの問題なのだ。友人を重んじる人間もいれば、一人の時間を重んじる人間もいる。そして俺は後者に属する。それだけのことだ。

「合理的な判断、ってやつ？　でも、将来後悔するかもよ。ああ、あの時、牧野ともっとデートしておけばよかった〜。……みたいな」

高谷にも似たことを言われたのを思い出しつつ、「それも予知か？」と俺は尋ねた。

「え？　ううん、違うよ。北原くんの心の声を代弁しただけ」

「なんだよ、単なる予想かよ。じゃ、きっと外れるな。俺は自分の選択を後悔しない」

「取り返しのつかない失敗になったとしても？」

「そこに至る過程が納得できるものなら、な」と俺は頷いた。

「そっか。私は……うーん、そこまで強くはなれないかなぁ」牧野がため息をつく。「悩み多き人生を歩んでますよ」

「悩みはなさそうに見えるけど」

「そんなことないよぉ。毎日毎日悩んでばっかりだよ」

「そんなもんかね。リア充は悩みって概念を知らずに生きてるもんだと思ってたよ」

軽く毒づいたところで、俺はふと、昨夜の夢を思い出した。

目が覚めてから、俺は記憶を頼りに、夢に出てきた日記帳をインターネットで探した。そうしたら、極めてよく似たものが見つかった。表紙のデザインも色も、瓜二つだった。

そのことだけで、正夢を見たと決めつけるのは早計だ。どこかで目にしたものが、夢に出てきただけという可能性もある。

だが、脳が作ったイメージだと簡単に片付けられないくらい、あの夢にはリアリティがあった。視覚はもちろん、嗅覚や触覚も明瞭だった。確かにその場にいるのだという、はっきりした臨場感があった。

……もしかすると、もしかするかもしれない。

俺は予感に導かれるように、「牧野は、日記を付けてるか？」と尋ねた。

「え？　いきなり何の話？　小学校の時は毎日先生に出してたけど。あと、夏休みの絵日記とかもちゃんと真面目にやってたよ」

「いや、そういうんじゃなくて、もっと個人的なやつだよ。誰にも見せないような」

「それなら、人生で一度もやったことないね」

「そっか。……じゃあ、あれは関係なかったんだな」

夢と現実は違う。至極当たり前のことなのに、俺はなぜかホッとしてしまった。

「えー、なになに？『あれ』って何のこと？」

車内はそれほど混雑していないのに、牧野がじりじりとすり寄ってくる。俺は一つ隣の吊り革を掴み直し、「牧野の夢を見た」と言った。

「え、なにそれなにそれ。夢に出てくるくらい私のことが気になる？　もしかして、本気の本気で好きになった？　それなら正直に言ってもらって大丈夫だよ。ここだとさすがにあれだけど、放課後に教室で二人っきりになった時とかにでも、思い切って告白してみて。傷つけないように、上手に振ってみせるから」

「それ、もう振ってるのと同じだろ」と俺はツッコミを入れた。「っていうか、先走りすぎだって。俺が見たのは、牧野の日記を読む夢だよ。……あ、いや、読むっていうか、ページを開く直前に目が覚めたんだけどさ」

「ちなみに、どんな日記？　ノート？」

「硬い表紙の、それ専用の分厚い日記帳だったな。十年間使えるらしい」

「へえ。そういうのがあるんだー。いやー、それにしても残念だなあ」

「なんでそんなに残念がってるんだよ」

「だって、もし私が本当に日記を書いてたら、北原くんは予知夢を見たことになるじゃない。つまり、くだんの呪いが移ったってことでしょ」

「……おいおい。それこそ、こんなところでする話じゃないだろ」

「大丈夫だよ。誰も本気にしないって」

「まあ、それもそうか。で、牧野は、呪いを他の人間に移したいのか？」

「そうできたらいいかなって。いろんな人に少しずつプレゼントしていけば、呪いも薄まっていく気がするんだよね。そうなれば、予知に逆らったペナルティも軽くなりそうじゃない？」

「死ななくて済むようになるなら、喜んで受け取るよ」と俺は言った。なんだか、小学生のごっこ遊びに付き合っているような気分だった。

「じゃあ、なんとしてでも移してあげないとね。——あ、そうだ。いいこと考えた。北原くんが見た夢を本物にすればいいんだよ」

「……どういうことだ？」

「北原くんが日記を読むシーンは、これから訪れる未来でしょ？　だから、夢に出てきた通りの日記帳で私が日記を書くようにすればいいんだよ」

「ずるくないか、それ」

「ずるくない、ずるくない。ルールの盲点を突いた巧妙なトリックだよ」

牧野は実に得意げにその案を持ち出してきた。それはまさに、牧野の予知の真相ではないかと俺が疑っていたやり方だった。

「自画自賛がひどいな……っていうか、いいのか？　夢を現実にするってことは、俺に日記を読まれるってことだぞ」

「大丈夫。万が一見られてもいいように、どうでもいいことばっかり書くから。今日の放課後に一緒に買いに行こうよ。どういう日記帳だったか、細かく教えて」

予期せぬ申し出に俺は戸惑ったが、牧野のはしゃぎっぷりを見ていると、「やめろよ、そんなこと」とは言いづらかった。

結局、俺は降りる駅に着くまでずっと、夢で見た日記帳の特徴を詳細に説明する羽目になったのだった。

2935——【2017・7・2(日)】

七月に入って最初の日曜日。最高気温が三〇℃を超えると予想される中、俺は自転車で近所の市立図書館へとやってきた。

図書館に足を運ぶのは久しぶりだ。午前十時の開館直後にやってきたが、思った以上に人がいた。入口脇の新聞コーナーでは、ごま塩頭の老人たちが大胆に新聞を広げているし、カウンターには貸し出し手続きを待つ短い列ができていた。ライトノベルの並ぶ書架には、新古書店よろしく立ち読みをしている若い男が何人もいた。

冷房がほどよく利いていて、無料で利用でき、しかも静か。よく考えれば、夏に図書館に人が群がるのは当然と言えるかもしれない。

来館者たちとすれ違いながら、俺は情報科学関連の本棚へとやってきた。エンターテインメント性の欠片もない分野のせいか、そのコーナーには誰もいなかった。

棚の前に立ち、ざっと全体を見回す。俺が探しているのは、プログラミング関連の参考書籍だった。

俺は先週から「ディープラーニング」に取り組み始めた。機械学習の進化版であるディープラーニングは、画像認識や言語処理などでも使われている、最先端の手法だ。

機械学習との違いは、「自分で考える能力」の有無にある。機械学習では、解答法を編み出すためのデータをこちらで選ぶ必要があるが、ディープラーニングでは、適当に与えたデータの中から、問題を解くのに必要なものを勝手に探してくれる。より人間の思考法に近づいている仕組みと言えるだろう。

ただ、進化版であるがゆえに、その中身は複雑だ。今まで以上に専門的な知識が必要になる。インターネットで調べてとりあえずプログラムを作ってみたが、今のところはまったくうまくいっていない。またしてもエラーの嵐に見舞われている最中だ。

ということで、トラブル解決のヒントを探すために、俺はこうして図書館へとやってきたわけだ。

上から順に本棚を確認していくが、ディープラーニングに特化した書籍は見当たらない。蔵書の豊富な図書館とはいえ、さすがにマイナーすぎる分野であるようだ。帰りに駅前の本屋に寄ってみて、それでダメだったらネットで探すことにした。

あっけなく用事が済んでしまったが、せっかく図書館に来たので、ひと通り館内を見て回ることにした。話題書があったら、借りて帰るのも悪くない。気分転換は必要だ。

歴史小説の棚を見て回り、SF関連のコーナーに向かおうとしたところで、辞書や百科事典が並ぶ棚の陰から牧野が突然現れた。

不意打ちの対面に、俺は思わず「うわ」と声を出してしまう。

「あれ、北原くんだ。奇遇だね、こんなところで。もしかしてストーカー？」

「いや、違うって。純然たる偶然だよ。プログラミング関連の本を探しに来たんだよ。……っていうか、そっちがストーカーなんじゃないの」

館内の静けさを邪魔しないよう、俺は小声で言い返した。

「失礼なこと言うねー。会う必要があればちゃんと連絡するってば。今日は勉強に来たんだ。ほら、明日から期末テストが始まるじゃない。それに備えて、ね」と、牧野も囁き声で言う。

「そっか。じゃあ、まあ頑張って」

立ち去ろうとしたら、「え、もう帰るの？」と牧野に呼び止められた。「ちょっとでいいから、勉強を見てもらえないかな。英文和訳でどうしてもしっくりこないところがあって」

「それで辞書を探してたのか。今日は一人だけか？」

「志桜里も一緒だよ。私たち、家が近いんだ」

「そういや、よくつるんでるな。……草間はくだんを知ってるのか？」

「ううん。実は、あの子が出てくる夢を一度も見たことがないんだよね。だから、話してないよ」

「それは羨《うらや》ましいな。……じゃあ、俺と牧野との関係も知らないんだな」

「お付き合いのこと？　内緒にしてるよ。黙っててほしいって言ったの、北原くんの方じゃない」

牧野の言う通りだ。今のところ、俺と牧野が付き合っている——形式的にだが——ことは、誰にも明かしていない。もし交際の事実が明るみに出れば、いろいろ面倒なことになるからだ。

高谷はきっと、「男女交際にうつつを抜かすとは。俺との勝負から逃げるのか！」という感じのいちゃもんを付けてくると思うが、その程度なら全然問題ない。厄介なのは、牧野に片思いしているやつが、俺を敵視して絡んでくるパターンだ。詳しい状況は分からないが、漏れ聞こえてくるクラスの男子の会話から判断するに、牧野に想いを寄せている生徒は何人もいるらしい。

牧野は、客観的に評価するなら、平均以上の容姿と社交性を持っている。「付き合えたらいいな」と思う男がいることは何ら不思議ではない。そういうやつにとって、俺は明確な憎悪の対象になるだろう。

恋愛にまるで縁のなかった俺が、周りから妬まれる存在になるとは。一寸先は闇、という言葉をついつい思い浮かべてしまう。

「そんなに真剣に考え込まなくても……」牧野が困ったように笑っていた。「ちょっとだけでいいんだよ」

「いや、別に悩んでない。プログラミングのことを考えてただけだ」と俺は嘘をついた。

「英文和訳だったっけ。いいよ、見るよ」

「ホント？　ありがとう。こっちだよ」

牧野と並んで、通路を歩いていく。突き当たりのガラス扉の先に自習スペースがあった。六人掛けのテーブルがいくつか並べられていて、俺たちと同年代の男女が勉強に勤《いそ》しんでいる。

草間は隅の方にちょこんと座っていた。前屈みになり、プリントを必死に睨んでいる。ただでさえ小柄なのに、そういう姿勢になるとますます小さく感じられる。正直、高校生には見えなかった。

「お待たせ」

牧野が声を掛けると、草間は「おかえり」と顔を上げ、「あれっ！」と目を見開いた。

「ちょっと、声が大きいよ」

唇に指を当てつつ、牧野が草間の隣に座る。草間は「ごめんごめん。いきなり北原くんが登場したから、驚いちゃって」と手を合わせた。

「そこで声を掛けられたんだ」経緯を大幅に省略した説明をして、俺は二人の向かいに腰を下ろした。「英語で分からないところがあるんだって？」

「うん、ここなんだけど」

草間が手元の参考書をこちらに差し出した。

ざっと問題文に目を通す。若者の読書量が減っていることに関する考察だ。難しい単語はないが、文章が入れ子構造になっていて、どの部分がどこを修飾するのかが少し分かりづらい。

「たぶん、引っ掛かってるのは、that で始まる部分が間に挟まれてるからだと思う。この、boring novel のところまでを括弧《かっこ》でくくって後ろに持ってきたら、意味が取りやすくなるんじゃないかな」

「なるほど」

牧野と草間が揃って頷《うなず》く。そのシンクロっぷりに、二人の仲の良さが窺《うかが》えた。

「よーし。さっそくやってみよっと。えーっと、ここを移動させると……。あ、すごい。マジで読みやすい！　さすがは北原大先生！」と草間が手を叩く。「理系科目だけじゃなく、英語も完璧なんだね」

「このお方は、高校卒業後の海外留学まで視野に入れてるからね」

牧野が説明を付け加えると、「ほえー、海外！」とまた草間が大きな声を出した。周囲を気遣って声のボリュームを抑えるという発想が欠落しているようだ。

「大先生はなんで海外に行きたいの？」

「……まあ、一応、やりたいことがあるから」

「堂々と答えればいいのに」と牧野が頬杖をつきながら言う。「北原くんは、プログラミングに興味があるんだって」

「へー、プログラミング……って、なにそれ？」

「えっと、私もよく知らないんだけど、こんな感じかな」

手元のノートに、牧野がさらさらと文字を書き付けた。それを覗き込み、草間は「ふーん、呪文みたいだね」とつまらなそうな声を出した。

「なに書いたんだ？」

「適当に、プログラムっぽいの。前に教えてくれたのを真似してみたよ」

牧野が差し出したノートを見て、俺は激しい違和感に襲われた。五行ほどの短い文章を繰り返し見直す。読み返すたびに違和感が膨らんでいく。

「……今、『適当に書いた』って言ったよな」

「うん、そうだよ。……それがどうかした？」

牧野が不思議そうな顔をしている。俺は彼女のノートを持って席を立った。

「これ、コピーを取るから」

自習スペースを出て、コピー機のあるロビーに向かう。その途中で、「ねえ、急にどうしたの？」と牧野に呼び止められた。

「……ちょっと外で話そう」

「う、うん、別にいいけど」と、少しだけ怯えた様子で牧野が頷く。

牧野を連れて、いったん図書館を出る。玄関先の庇《ひさし》が作る影と、その向こうに広がるタイルの白さに、一瞬目が眩《くら》んだ。まだ午前十一時にもなっていないのに、蒸し暑い空気が壁のように立ちはだかっている。

俺は庇を支える柱の後ろに回り込み、開いたノートを指差した。

牧野の落書きは、whileで始まっている。「与えた条件が満たされるまで繰り返し同じ処理を行う」という意味の、プログラム用の言葉だった。

「もう一回訊くけど、これは本当に適当に書いたのか？」

「適当っていうか……夢で見た通りに書いたんだけど」

「夢……？」

そう、と牧野が足元に目を落とす。

「自分のノートに、文字を書く夢。いつもの予知夢だと思うよ。覚えるつもりはなかったのに、書くべき内容を完璧に覚えてたから。……それがどうかした？」

「いや……」と俺は曖昧に首を振った。「妙によく書けてるなと思ったんだ」

「へえ、そうなんだ」牧野の表情がぱっと明るくなる。「もしかして、役に立つ？」

「試してみるけど、あんまり期待しないでくれ。適当に書いたやつがちゃんと動くほど、プログラミング言語は柔軟じゃないからな」

そう答えたものの、俺はある種の予感を覚えていた。

牧野の書いたものはきっと、俺の行き詰まりを解決する鍵となるだろう。根拠があるわけではないのに、なぜかそんな気がして仕方がなかった。

2942——【2017・7・9(日)】

俺は駅のホームのベンチにいた。

特急電車が通過し、ワンテンポ遅れて風が吹き抜けていく。全然涼しくない。まるでドライヤーの温風だ。

ため息をつき、天井からぶら下がっている電光掲示板に目を向ける。時刻は、午後一時を過ぎようとしていた。ぼちぼち気温のピークを迎える時間帯だ。

今年の梅雨は空《から》梅雨なのか、七月が始まってからずっと、気温の高い晴れの日が続いていた。これだけ真夏日が連続すると、二度と夏の終わりは来ないのではと心配になる。夏の灼熱が支配する、地獄のような世界。最悪としか言いようがない。そんな未来が訪れたら、俺は潔く命を絶つかもしれない。

そんな風に、ろくでもないことを考えていたからだろう。「——横顔、かっこいいよ」と真横から声を掛けられた瞬間、体がびくりと硬直してしまった。

隣に目を向けると、牧野がしてやったりと言いたげな顔でこちらを見ている。今日の彼女は、袖の短い白のブラウスに、太い革のベルトが巻かれたデニムスカートという装いだった。

「い、いたのかよ」

「一分前からね」と牧野が笑う。「横に座ったのに、全然気づいてくれないんだもん。真剣な顔で考え込んでたけど、何を悩んでたの？」

「……地球温暖化について、かな」

そう答えたところで、電車がホームに入ってきた。

「タイミングばっちりだね。あ、ほら、あそこの席が空いてる」

立ち上がり、牧野が小走りに乗降口へと向かう。「足元、気をつけろよ」と声を掛け、遅れて俺も電車に乗った。冷房がよく利いている。外が暑すぎるせいで寒く感じるほどだ。

「北原くん、ここ、ここ」

牧野はしっかり座席を確保していた。周囲に譲るべき相手がいないことを確認してから、俺は彼女の隣に腰を下ろした。

ゆっくりと電車が動き出す。向かいのホームで暑さに顔をしかめている人々が、後方へと流れて消えていった。

俺たちはこれから、前に訪れたあのショッピングモールに行く。世間的には、これは二度目のデートということになるのだろう。


牧野から電話があったのは、今日の午前八時過ぎのことだ。彼女から電話がかかってきたのは初めてで、俺は何を言われるのかと警戒しながら通話ボタンを押した。

「もしもし？　北原くん？」

　牧野の声は明るかった。彼女はまず、先週行われた期末試験の出来を俺に訊いてきた。まずまず普通にこなしたと伝えると、「北原くんの普通は普通じゃないからなあ」と牧野は笑い、「北原くんのおかげで、英語の試験はばっちりだったよ」と、図書館で和訳のコツを教えてもらったことへの感謝を述べた。

　俺は「役に立ててよかったよ」とおざなりに言い、「本題はそっちじゃないだろ。また夢を見たんじゃないのか」と切り出した。

「せっかちだねえ。もう少し雑談を楽しもうよ」

「これから朝食なんだよ。で、どういう夢だ」

「その前に教えてよ。私が書いたプログラムはどうだった？　それを訊こうと思ったから、メールじゃなくて電話にしたんだけど」

「……あれは、その、まあ、使えるやつだった」

　俺は釈然としないものを感じながら、そう答えた。

　プログラムの一部を牧野の落書きに置き換えると、エラーを起こしていた箇所がスムーズに動くようになった。それは紛れもない事実だ。

　だが、問題が解決してめでたしめでたし、で済む話ではない。なぜ、牧野にそんなことができたのか？　という大きな問題が発生したからだ。

常識的な解釈をするなら、牧野にはプログラミングの知識がある、ということになる。俺は以前、物理教室で牧野にプログラムの話をした。俺がやろうとしていることを知るチャンスはあった。

そう思ったから、俺は牧野に尋ねた。「もう一度訊くけどさ……プログラミングの勉強をしたんじゃないのか？」と。

「するわけないじゃん。夢で見たのをそのまま書き写しただけなんだって」

牧野は笑ってそう答えた。「嘘をつくな」と文句をつけても、「嘘じゃないよ」と言われるだけなのは分かっていた。堂々巡りだ。

俺が黙り込むと、牧野は「役に立ったんなら、お礼をもらいたいな」と言い出した。

「……お礼って、どういう種類のやつだよ」

「それはもちろん、具体的なモノだよね。くだん様が言ってるよ。『アクセサリーを買いなさい』って」

「……要するに、そういう夢を見たんだな」

「ご名答。ショッピングモールに二人で行く夢ね。だから、一緒に買いに行こ」

牧野はまた勝手なことを言い出した。俺が渋々承諾すると、「待ち合わせ時間はあとで連絡するから」と言い残して電話を切ってしまった。

本気で抵抗すれば、牧野の要求を撥《は》ねつけることはできたかもしれない。しかし、俺は素直に買い物に付き合うことにした。牧野のミステリアスな部分を少しでも解明したいと思ったからだ。

ということで、俺は再びショッピングモールへとやってきた。

牧野は前と同じように、目についたアクセサリーショップに飛び込んでいく。俺は店内で「どれだよ」とこまめに質問するのだが、牧野は「微妙に夢で見たのと違うんだよね」と言うばかりで、結局何も買わずにまた次の店に向かうのだ。そんなことが幾度となく繰り返された。

そうしてぐるぐるとモール内をうろつき回り、俺の足がさすがに悲鳴を上げ始めた頃、ようやく牧野が「あった！」と言ってくれた。

そこはアクセサリーショップではなく雑貨屋で、お目当ての品はハンドメイドのピンクゴールドのネックレスだった。細い鎖の先に付いているチャームは、小さな赤いハートだ。値段を見ると、定価の五〇パーセントオフで三千円になっていた。

「どうかな、私へのお礼に」牧野が催眠術でも掛けるように、ネックレスを左右に揺らしながら言う。「好きな人からプレゼントされたら、すっごく嬉しいんだけどなぁ」

その言い方にカチンときた。

「別に好きじゃないくせに」

俺がそう言うと、「あ、そうだった」と牧野は小さく舌を出してみせた。

「……それ、可愛いと思ってやってるんだったら、かなり痛いぞ」

「可愛いと思ってくれるんだったら、痛いと思われてもいいよ」と牧野が笑う。「ね、お願い。またいいプログラムを仕入れてくるからさ」

「仕入れなくていいから、牧野が読んでる参考書を教えてくれよ」

「何の教科の？」

「とぼけるなよ。プログラミングだよ」

「ええ？　そう言われてもねえ……おーい、なんていう本ですか」

牧野が天井に向かって訳の分からないことを言い始める。

「ちょ、何してるんだよ」

「くだん様に訊いてるんだよ。きっと、私の代わりに勉強してくれたんだと思うからさ。すごいよね、ＩＴまでこなしちゃうなんて」

俺たちのやり取りを店員が怪訝《けげん》な目で見ている。店内は十帖ほどの広さしかない。声を絞っても会話は店の隅々まで聞こえてしまう。

ただでさえ疲れているのに、精神的な疲労までプラスされてはたまらない。抵抗を諦め、俺は財布を取り出した。

「……分かったよ、買うよ」

「やったね！　学校につけていくからね。服の下に隠して、こっそりと」

牧野が俺の腕に自分の腕を絡めてくる。「やめてくれよ」とその手を振りほどき、さっさと会計を済ませた。

「じゃあ、さっそく……」

店を出てすぐ、牧野はネックレスを身につけ始めた。首の後ろに両手を回す仕草はやけに色っぽく、俺は一瞬、十年後の牧野と一緒にいるような気分になった。

「よし、できた。どうかな？　似合う？」

牧野が上目遣いに訊いてくる。

「似合ってる」と褒めるべきだと分かっていたが、それを言ったら負けになるような気がした。俺は天井を指差し、「それ、くだんが選んだんだろ？　俺じゃなくてあっちに訊けよ」と返した。

「北原くんの意見も聞きたいな」

「……まあ、悪くないんじゃないの。よく分かんないけど」と俺は目を逸らした。

「えー？　もっとストレートに褒めてくれてもいいのに。でも、ありがと。嬉しいよ」

そう言って牧野が笑う。

完璧な笑顔を彩る、可愛らしいネックレス。くだんはなかなかいいセンスをしているな、と俺は思った。


買い物のあとに映画を見て、俺たちは午後五時過ぎに自分たちの街に戻ってきた。

外はまだ明るかったが、熱気はいくぶん和らいでいた。『夏は夜』と書き残したのは、確か清少納言《せいしょうなごん》だったか。趣うんぬんは抜きにしても、その意見には心から同調する。

俺と牧野の家は、駅を挟んで反対方向にある。改札を抜け、「じゃあ、これで」と帰ろうとしたところで、「ちょっといいかな」と呼び止められた。

「……なんだよ」

「あのね、えっと」牧野は言葉を切り、首から下げたネックレスに触れた。「……もし時間があったら、今からウチに遊びに来ない？」

まるで予想していなかった招待に、俺は「は？」と口をあんぐりと開けた。「牧野の家に、これから……？」

「あ、いま変なこと想像したでしょー」牧野が俺の顔を指差しながら、勝ち誇ったように言う。「期待を裏切って悪いんだけど、家には母がいるから」

「してねーよ、いきなりだったから驚いただけだよ」

「えー、ホントかなあ」牧野が斜め下から俺の顔を見上げてくる。「その天才的頭脳で、一瞬にして妄想を爆発させたんじゃないかなあ」

「してないって！」と、俺は語気を強めた。「……家に何をしに行くんだよ」

牧野は居住まいを正し、「母に会ってもらいたいの」と神妙に言った。「彼氏がいるって言ったら、どうしても会いたいって言い出してさ」

「いや、俺、彼氏じゃないし」

「そうなんだけど、この間、夢を見ちゃってさ。母から、『彼氏はできた？』って訊かれて、『できたよ』って答える夢。それを現実で実行したら、じゃあ家に連れて来なさいってことになっちゃって」

「出たよ、くだんのやつが」俺は首を横に振ってみせた。「ちなみに、お母さんは予知夢のことを知ってるのか？」

「ううん。打ち明ける機会がなかったから。母が夢に出てきたことは何度もあるけど、予知に反する行動は取らなかったんだ。……っていうか、北原くん以外に説明したことはないよ。ある意味すごいよ、予知を裏切れるなんて」

「すみませんね、ひねくれ者で」と俺はポケットに手を突っ込んだ。

「別にけなしてるつもりはないよ。むしろ褒め言葉だから」牧野が少し慌てたように弁明する。「これは予知じゃないよ。でも、約束は守りたいなって思って。……どうかな、ダメ？」

牧野が急に弱々しい空気を醸《かも》し出してきた。しようもない芝居だと分かっていても、そんな風に頼まれると断りづらいことこの上ない。罪悪感の疼《うず》きを誘発する、悪魔的な哀願テクニックだ。

「……分かったよ。挨拶だけな」

またしても俺は牧野の頼みを丸のまま受け入れてしまう。牧野の「予知」の秘密に迫るという目的があるとはいえ、どうも今日の俺は受動的すぎる。暑さのせいで、あらゆることに対する抵抗力が低下しているのかもしれない。

牧野の自宅は一軒家だった。二階建てで、敷地は茶色く塗られたアルミ製のフェンスに囲われ、四畳半を二つ繋《つな》げたくらいの庭には花壇があり、コンクリートの駐車場には赤い軽自動車が停まっていた。

その佇《たたず》まいを見て、俺はあの夢を思い出した。牧野の部屋で日記を読む夢だ。

「そういえば、日記は書いてるのか？」

玄関先で、俺は牧野に尋ねた。

「書いてるよー。せっかく一緒に日記帳を買ったんだもん。十年分あるから、張り切って八年前の六月から付けてるよ」

「なんで八年前……あ、そうか」

「そう。お祖母ちゃん家でくだんの呪いを受けてからのこと。私の人生が変わった日だから。頑張っていろいろ思い出しながらね」

囁き声でそう説明し、牧野は玄関ドアを開けた。

「ただいまー。お母さん、ゲストを連れてきたよー」

牧野が家の中に向かって声を掛けると、「誰？　志桜里ちゃん？」と言いながら、牧野の母親が廊下に出てきた。

牧野とはさほど似ていないが、「綺麗なお母さんだな」と俺は思った。ほうれい線も目元のしわもなく、肌つやもいい。少なくとも、ウチの母よりはかなり若く見えた。

「あら、男の子？」

「はじめまして。佑那さんのクラスメイトの、北原と言います」

俺はすかさず挨拶をした。つかえずに言えたことにホッとする。ここに来る道中、頭の中でずっと練習していた甲斐があったというものだ。

「肝心な部分が抜けてるよ。もう一言お願いします」

牧野が横から口を挟んでくる。やはり、言わねばならないらしい。

俺は咳払いをして、「今年の五月から、佑那さんとお付き合いさせていただいてます」とお辞儀《じぎ》をした。

「君が佑那の彼氏さん？　あらー、ごめんなさいね、せっかく来てもらったのに、大して準備もしてなくて。早く言ってよ佑那」

「サプライズだよ、サプライズ。ほら、リビングに行こ」

牧野に促され、俺は靴を脱いで廊下に上がった。

考えてみれば、俺は一度も女子の家に入った経験がない。つまり、これが人生初の女子宅訪問ということになる。なんとも複雑な気分だ。

案内されて入ったリビングは広かった。いわゆるリビングダイニングで、カウンターを挟んでキッチンと居間が繋がっている。こういうスタイルが今は主流なのかもしれないが、ウチは居間と台所が壁で仕切られているので新鮮に感じる。

「ゆっくりしていってね」と言って、牧野の母親はキッチンに入っていった。夕飯の支度の最中らしい。

「そっちに座ってて」

牧野の指示に従い、ソファーに腰を下ろす。隅の方に、首の長い羊のような動物のぬいぐるみがちょこんと置いてある。たぶんアルパカだ。いつぞやも、アルパカのイラストが描かれたマグカップを気にしていた。珍妙な動物が好きらしい。

「喉、渇いたでしょ。麦茶でいい？」

冷蔵庫を開けながら、牧野が訊いてくる。「あ、ああ、うん。ありがとう」と俺は礼を口にした。母親の手前、あまり雑な対応はできない。

招待されるのに慣れていないこともあり、どうにも居心地が悪い。落ち着きを求めて室内を見回していると、サイドボードの上に飾られた写真立てが目に留まった。

三十代くらいの男性が、メリーゴーラウンドの前に立っている。カメラに向かって優しく微笑む男性の顔つきは、牧野にとてもよく似ていた。

「それ、お父さん」

牧野が麦茶を持ってやってきた。

「似てるからそうだと思ったよ。すごく若いんだな、お父さん」

曖昧に頷き、牧野が俺の隣に腰を下ろす。

「……まあ、昔の写真だから」

カウンターの向こうを気にしながら、ぽつりと牧野が言った。そのぎこちない仕草や口調から、彼女の父親がすでにこの家にはいないことを俺は察した。

俺たちの間に、微妙な沈黙が流れる。

と、そこで牧野の母親が「ねえ、北原くん。夕ご飯、食べるでしょ？」とカウンター越しに声を掛けてきた。

「あ、いえ、今日はご挨拶だけで……」

「遠慮しないでいいのよ。せっかくの誕生日だし、ケーキもあるから」

その言葉に、俺は首をかしげた。

「……誕生日？」

「あれ？」と牧野の母親も不思議そうな表情を浮かべる。「だから遊びに来てくれたんじゃないの？」

どうも話が嚙み合わない。俺は「どういうことだ？」という気持ちを込めた視線を、隣に座る牧野に送った。

「えっと、だから、誕生日なんだ」

「……お母さんの？」

はにかみながら、牧野が自分の顔を指差した。

「……私の」

「はあ!?」俺は思わず立ち上がってしまう。「なんで言わないんだよ」

「いや、なんかタイミングがなくて」

「何も話してなかったの?」牧野の母親も驚いていた。「ごめんね、北原くん。びっくりさせちゃったみたいで」

「いえ、あの、そういうことなら……お邪魔でなければ、もう少しいさせてもらいます」

「そう? ありがとう。大歓迎よ。たくさん食べていってね」

娘に負けない快活な笑みを浮かべながら、牧野の母親が顔を引っ込めた。

俺は頭を掻き、大きく息を吐き出した。

「言ってくれたらよかったのに。タイミングとか気にするタイプじゃないだろ」

「……ごめん」

牧野は麦茶の入ったグラスを両手で持ち、揺れる液面を見つめていた。その、少し拗《す》ねたような横顔を見て、俺は気づいた。牧野が欲しかったのは、「プログラミングの手伝いをしたご褒美」ではなく、「誕生日のプレゼント」だったのだと。

——よくもまあ、こんな面倒臭いことを……。

自分がたどり着いた結論に、俺はため息をついた。

「……俺、そんなに冷徹な人間に見えるかな」

「え？」牧野がこちらを向く。「……どういう意味？」

「俺がくだんのことを疑ってるって気づいてたんだよな。それで、予知を無視したら死ぬって脅しても効果がないって思ったんだろ。だから、俺にプレゼントを買わせるためにいろいろ準備をしたんだな。プログラミングの勉強をして、役立ちそうなコードを探し出して、偶然を装って俺にそれを渡して、見返りを要求して……。その努力には感心するけど、さすがに回りくどすぎるな。誕生日だって言ってくれたら、たぶん、素直に祝ってたと思うんだけど……」

半笑いで喋っていた俺は、牧野の真剣な面持ちに気づいて口を噤《つぐ》んだ。

牧野は悲しそうに眉根を寄せ、首を横に振った。

「……そうやって論理的に考えるところはすごいと思う。でも、その推理はハズレだよ。何度も言うけど、私、プログラミングの勉強なんてしてないから」

「いや、もう隠すなよ。適当にあんなものは書けないって」

「嘘じゃないよ。あれは本当に、夢で見たのを書き写しただけなの」

牧野の口調や表情には苛立《いらだ》ちが見て取れた。とてもじゃないが、芝居をしているようには思えなかった。

どう返していいか迷っていると、牧野がすっと腰を上げた。

「ちょっと、こっちに来て」

「え、ああ、うん……」

牧野は母親に、「部屋に行ってるから」と声を掛け、リビングを出てすぐのところにあった階段を上がっていった。

どういうつもりなのだろう。俺は不穏な空気を感じつつ、ゆっくりと木の階段を上り始めた。

五段ほどを上がり、踊り場で反転した瞬間、俺は強烈な既視感に見舞われた。

……この光景は。

左右の壁の色合い、手摺《てす》りの艶《つや》、階段の形……目に映るものはどれも、いつかの夢の光景と完全に一致していた。

夢の世界に迷い込んだような不気味さを感じながら、俺は残りの階段を上がった。短い廊下と、二つのドア。手前側の部屋の前に、牧野が立っていた。彼女の背後のドアには、〈YUUNA〉の文字が貼りつけられたネームプレートが掛かっている。やはりここも、夢で見た景色とまったく同じだ。

どうなってるんだ……？

自分が目の当たりにしているものを信じられずに立ち尽くしていると、「どうしたの？」

と牧野に声を掛けられた。牧野はひどく怪訝そうな表情を浮かべていた。俺はよほど変な顔をしていたのだろう。

「あ……いや、何でもない」

「ここ、私の部屋だから。中で話をしようよ」

牧野がドアを開け、先に入るように促す。ぐずついていたら、また不審がられる。俺はすくむ足を無理やり動かし、勢いをつけて牧野の部屋に踏み入った。

予想していたので、衝撃が顔に出るのをかろうじて食い止めることができた。部屋の薄暗さ、ベッドの位置、本棚の高さや本の並び、勉強机の周りの様子、そして、薄く漂うリンゴのような香り。見るもの、感じるものすべてが、夢のままだった。

ただ、勉強机に置かれていた日記帳はそこにはなかった。この蒸し暑さも違うし、そもそも、すぐそばに牧野がいることが、夢との最大の差だった。

牧野は部屋の明かりをつけ、ベッドに腰を下ろした。明るくなると、少しだけ気分が落ち着いた。ここは夢の中じゃないと、はっきり認識することができた。

「そこの椅子、使っていいよ」

言われるがままに、勉強机のところにあった椅子に座る。俺は牧野に悟られないようにこっそり深呼吸をしてから、「……話って？」と尋ねた。

「さっき言ってたこと、ホントなの？　くだんの呪いのこと、信じてないって」

「……心の底から信じ切るっていうのは、無理だろうな」

俺は正直に答えた。適当にごまかすのは違うと思った。

「そうだよね。あり得ないことだもんね」牧野は微かに笑った。「でも、本当なんだよ。私の落書きがプログラムとしてちゃんと動いたことが証拠だよ」

「悪いけど、証拠にならない」と俺は首を振った。「正しいコードを暗記すれば、何も見ずに書くことはできる」

「暗記なんてしてないってば！」

むきになって牧野が反論する。

「……もう、やめよう」と俺は言った。「牧野がプログラムのことを知らないって証明するのは不可能だろ。頭の中は見られないんだから」

「それは、そうだけど……」

「どれだけ議論したって平行線だよ。悪いけど、俺の気持ちは変わらない。くだんを信じるのは、無理だ」

「…………」

牧野が唇を噛んで黙り込む。悔しそうなその表情に、俺は胸の痛みを覚えた。牧野を傷つけずに事態を収拾する方法もあったのではないか。そんな後悔の念が浮かんでくる。

二人だけの部屋に、気詰まりな静寂が生まれる。初めて女子の家に来て、こんな空気を味わうことになるとは。俺は前世で相当の悪行を働いたのかもしれない。そんなくだらないことを考えてしまうほど居心地が悪かった。

「……さっき、さ」牧野がふいに口を開いた。「お父さんの写真、見てたよね」

「ああ」と小さく頷く。

「でも、何も訊かなかったよね。そういう気遣いができるんだね、北原くん」

「いや、だって、なんか雰囲気が重かったから」

「……したの」

俺の言葉にかぶせるように、牧野が何かを呟いた。

「……ごめん、今、なんて？」

遠慮がちに尋ねると、彼女はうつむき、スカートを固く握り締めた。

「私が、お父さんを殺したの」

「殺したって……まさか……」

インパクトの大きすぎる告白に、俺は言葉を失った。

「あれは……ああ、そっか。ちょうど八年前になるんだね」

牧野が顔を上げ、窓の方に目を向ける。四角く切り取られた夕空は、オレンジの色紙のように鮮やかだった。

「九歳になる日の前の晩に、予知夢を見たの。お父さんは仕事で不在で、私とお母さんが二人でショートケーキを食べてるシーンだった。その頃、もう私はくだんの呪いを受けたあとで、それが必ず現実になるんだって分かってた。予知に反する行動を取ったら、よくないことが起こるってことも、本能的に知ってた。でも、私はどこかで呪いを信じてなかったんだろうね。ちょっとぐらいなら破っても平気だろうって侮ってたの」

牧野がこちらを向く。黒い瞳は潤み、桜色の唇は微かに震えていた。

「前の年は、お父さんは出張でいなかったんだ。だから、その年はどうしても一緒にいたかった。それで、誕生日の朝に、お父さんに頼んだの。今日は絶対早く帰ってきてって。……お父さんは、『分かった、できるだけ頑張ってみる』って言ってくれた」

お父さんは、すごく真面目な人だったんだ、と牧野は小声で言った。

「予知に反する行動だとも知らずに、お父さんは約束を守ろうとしてくれた。予定より早く仕事を終わらせて、会社を出て、帰ってくる途中に……交差点で事故に遭っちゃったんだ。信号無視のトラックに撥ねられて……頭を打って……」

「もういいよ。分かったから」

涙声を聞くのに耐えられず、俺は彼女の話に割り込んだ。

牧野は枕元のティッシュで雑に涙を拭い、「ごめん、泣いちゃった」とかすれた声で謝った。

「謝らなくていいって」

「……今の話は、くだんの呪いの証明にならないかもしれない。でも、私はそれ以降、予知を絶対に守るようにしてる。そのことだけは分かってほしいんだ」

目と鼻を赤くしながら、牧野は俺をじっと見つめていた。その瞳に込められた想いの強さに、俺はただ黙り込むことしかできなかった。

階下から、牧野の母親が俺たちを呼ぶ声が聞こえた。牧野はベッドから立ち上がり、「行こっか」とぎこちなく微笑んだ。

「……ああ、うん」

明かりを消し、二人で廊下に出る。

「――もう、誰かが死ぬのは嫌なの」

階段を降りる直前、俺のすぐ後ろで牧野が呟いた。

彼女がどんな顔をしているか、振り返らなくても想像がついた。俺の脳裏に浮かんだのは、明らかに、誕生日を迎えた人間がするべき表情ではなかった。

だから、俺は前を向いたまま、「俺は死なないよ」と言った。

そっと、牧野が俺の肩に触れる。

「……約束してね」

俺は無言で頷き、ゆっくりと階段を降りていった。

第三章　解放

2946——【2017・7・13(木)】

「——はい、それじゃあ、間違えたところは各自しっかり復習しておいてください」

午前中最後の授業が終わり、化学の担当教師が出て行く。

昼休みが始まると同時に俺は席を立った。いつものように教室をあとにしようとしたところで、廊下を駆けてくる男子生徒の姿が見えた。高谷だった。太い眉毛は遠くからでもよく目立つ。

「おい北原、逃げるなよ」

高谷が俺の腕を掴み、教室に押し戻そうとする。出入口で揉めているとクラスメイトの邪魔になる。俺は逆に高谷の腕を引っ張り、自分の席に連れて行った。

「なんだよ、そんなに慌てて」

「とぼけるのはナシにしようぜ。さっきの授業、化学だったんだろ。期末試験、どうだった?」

高谷の鼻息は荒い。よほど点数に自信があるのだろう。俺は黙って答案用紙を机の上に広げた。

右上の欄に赤ペンで書き込まれた数字を見て、高谷がにやりと笑う。

「九十二点……ですか。ずいぶん手をお抜きになったようで」

「気色悪い丁寧語はやめてくれ」

俺は答案用紙を机の中に押し込み、リュックサックを背負った。

「ちょ、ちょいちょい！」

高谷がすがりつくように俺の肩を摑んでくる。

「痛いっての。やめてくれよ、暴力は」

「やさしーいスキンシップじゃないか。それよりほれ、俺の点数が気になるだろ？　我慢せずに堂々と訊けばいいじゃないか」

高谷がズボンのポケットに手を突っ込み、四つ折りになった答案用紙を取り出した。

「いや、特には」

「そうだろ、気になるだろ？　ほら、これ見ろよ！」

俺の言葉を無視して、高谷が化学の答案用紙を広げる。

「へえ、百点か。よかったな。じゃ、そういうことで」

俺が背中を向けると、「だーかーらー」とまた高谷が肩を摑んできた。

「なんだよ、しつこいな」

「その態度はよくないぞ」と高谷が太い眉をひそめる。「入学してから初めて俺に負けたんだから、ショックなのは分かる。でも、負けを認めることも大事だと俺は思うんだ。雑草は踏まれてより強くなる。バネは、押し潰されるほど反発力が高まる。俺が言いたいのはそういうことなんだ」

教室にクーラーはあるが、気温は高めに設定されている。微妙に蒸し暑い空気が、高谷の熱弁のせいでさらに不快指数を増していた。

相手をするのが面倒になり、俺は「悔しいなー、次は負けないぞー」と顔を背けながら言ってやった。

「なんだよその棒読みは。もっと本心でぶつかってこいよ！」

「本心だよ、これ以上ないほどにな。俺は別に、テストで満点を取るために生きてるんじゃない。授業の内容をきちんと理解できてればそれでいいんだ。九十二点のどこが問題なんだ？　充分だろ」

俺がそう返すと、高谷は「うぐっ」と言葉を詰まらせた。

「納得したか？　じゃあな。お互い、有意義な昼休みを過ごそうぜ」

再び高谷に背を向け、俺は教室の出入口に向かった。

出にくい。

と認め、その上で肝心な部分で大胆に嘘をつくという手だ。これなら突っ込まれてもぼろが

「ふーん、噂はしょせん噂だったってことかあ……。残念だなあ。佑那の恋バナ、一度くらいは聞いてみたかったのに」

草間が口をへの字にしながら呟く。意外な言葉に、「牧野って、あんまり自分のことは話さないのか？」と半ば反射的に尋ねていた。

「なんでも話してくれるよ。でも、恋愛の話題は全然なんだよね。こっちから振っても、『特に気になる相手はいない』としか言わないし。私の知る限り、まだ誰とも付き合ったことがないいんじゃないかな」

「……へえ、そういう風には見えないけどな」

「なんでよー」と草間が頬を膨らませる。「佑那は真面目だよ。一途《いちず》だよ。もし彼氏ができたら、絶対にしっかり長く付き合うタイプだよ！　そんな、『とっかえひっかえ季節ごとに彼氏を替えてる』みたいな言い方、私は嫌だな！」

「ああ、いや、悪い。そんなつもりじゃなくて……ごめん」

草間の話を聞くうちに、心のどこかに引っ掛かっていた棘《とげ》が取れた気がした。牧野は以前、「自分は人並みにデートをこなしてきた」といったニュアンスの発言をしていた。どうやら

あれは、見栄を張っただけだったらしい。

「まあ、北原くんが誤解をするのも、分からなくはないよ」草間が偉そうに言う。「佑那は可愛いし、男の子からの人気も高いから」

「……みたいだな」高谷もいつか似たようなことを言っていた。「告白だっていっぱいされてるだろ？」

「そういう話もしてないけど、たぶんね。でも、全部断ってるっぽいよ。理想が高いのかも」

「理想、ねえ」

「北原くんはどうなの？」

「……どうって、何が」

「だから、佑那のことをどう思うかってこと。片思いしてたりする？」

草間は目を輝かせている。この手の話が楽しくて仕方ないのだろう。

「……ノーコメントってことで」

「えー、ずるーい」

「なんもずるくないだろ。さっきの噂、もし可能なら、あんまり広まらないようにしておいてくれよ。牧野もたぶん、迷惑だろうと思うし。よろしくな」

まだ話し足りない様子の草間を置き去りにし、俺は階段で二階に戻った。

高谷と草間にトラップされたせいで、なんだかんだで二十分近く無駄にしてしまった。俺は別館に続く渡り廊下を小走りに渡り切った。

本館を離れるにつれ、喧騒《けんそう》が遠ざかっていく。雑音が消えると、ずっと答えを出せずにいる疑問が、他の考え事を押しのけるように意識の表面に浮上してきた。

――牧野は一体、何を考えているのだろう？

俺を悩ませている問題は、その一文に集約される。

牧野は多くの男子から好意を寄せられたにもかかわらず、それをすべて断ったという。人間関係に対して真摯であり、誰かを意図的に傷つけるようなこともしない。なのに、俺に対しては予知という奇妙な概念を持ち出してまで、友人でも恋人でもない、微妙な関係を構築しようとしている。明らかにちぐはぐなのだ。

謎に対して解答を見つけあぐねていたが、さっきの草間の話で俺は確信した。この噛み合わなさはやはり、「くだん」の仕業なのだ。

牧野が父親の話をした時に見せた涙は、本物だったと思う。偶然の事故――そう、あくまで偶然なのだ――で父親を亡くしたことが、牧野のトラウマになった。だから、自分の夢を現実にするために、全力で行動しようとしているのではないか。

俺の前でプログラムのコードを書いたのも、やはり夢のお告げに従った行動だったのだろう。しかも、俺が牧野の落書きに興味を示すところまでが夢の内容だったのではないかと思う。だから、牧野はちゃんと使えるものを準備したのだ。

牧野はどんなことがあっても予知の通りに行動する。そうせずにはいられないのだ。

その結論にたどり着くと同時に、ある可能性が頭に浮かんできた。

……もし牧野が俺と別れる夢を見たら、どうなるだろう？

考えるまでもない。きっと牧野は、何のためらいもなくそれを実行するだろう。始まった時と同じくらいの唐突さで、俺たちの関係が終わるのだ。

そうなれば、牧野の予知夢に振り回されて貴重な趣味の時間を失うことはなくなる。それは明らかに歓迎すべきことだ。

——じゃあ、今すぐ牧野にメールを送ったらどうだ？　別れよう、って。

頭の中で、低い声がそう囁いた。

足を止め、俺は携帯電話を取り出した。

牧野宛のメール作成画面を開く。だが、画面をいくら睨んでいても、文章がまったく浮かんでこない。頭の中で文字と文字が絡まり合って、ぐちゃぐちゃの塊になっているような感じだった。

俺はため息をつき、携帯電話をポケットにねじ込んだ。

結論を急ぐ必要はない。もう少し成り行きを見守ろう——。そう決めて、俺は再び歩き出した。

2952——【2017・7・19（水）】

恋愛絡みの噂というのは、誰にとっても魅惑的なものらしい。俺はその力を甘く見ていたようだ。

潮目が変わり始めたのは先週末くらいだっただろうか。学校の廊下を歩いていると、同級生たちに妙にじろじろ見られることが増え始めた。

連休明けの火曜になるとさらにその頻度が増し、そして今日になってさらに悪化した。無遠慮に視線を向けられるだけではなく、すれ違う際にひそひそ声が聞こえるようになったのだ。注目される理由は、俺が期末試験で学年一位の座から滑り落ちたから……ではないだろう。高谷や草間が口にしていた「噂」。それが未だに広がり続けているのだ。

ただ、うざったいと感じてはいたが、俺は噂を否定して回るようなことはしなかった。放っておけばそのうち落ち着くだろうと思ったからだ。

居心地の悪い午前は過ぎ、昼休みになった。俺はいつものように物理教室で一人、プログラミングに取り組み始めた。

ノートパソコンと向き合うと、騒動はどうでもよくなった。キーボードを叩く手が、普段よりもよく動く。頭が冴え、書くべきコードが次々に浮かんでくる。

つい昨日、俺が参加予定のプログラミングコンテストの課題が発表になった。コンテストのテーマは「画像認識」で、「与えられた画像の中に写っている人間の顔を数える」というのが課題だった。この手の技術は、顔検出システムとしてすでにあちこちで実装されている。具体的なプログラムもネットを探せば見つかる。それをベースに、自分なりの工夫を加えられるかどうかが勝利の鍵となるだろう。

コンテストの応募締め切りは十月十五日。応募はインターネットを通じて行う。レギュレーションは「二十二歳以下の学生」とシンプルだ。国籍の縛りはないので、世界中のアマチュアプログラマーたちと戦うことになる。

あと三カ月でどこまで精度を上げられるか。これまでに感じたことのないやる気が、全身にみなぎっているのが分かる。目標が明確になったことで、ギアが一段階上がったような感覚があった。俺はコンビニのサンドイッチをほおばりながら、ダウンロードしたサンプルのプログラムの改変をもりもり進めた。

いつになく高まった集中力は、前触れなく引き戸が開かれた瞬間に途切れた。

教室の出入口に目を向けると、背の高い男子生徒がいた。耳が隠れるほど髪を伸ばしており、垂れ目で睫毛が長い。

どこかで見た顔だと思ったが、誰だかは分からなかった。学年ごとに色分けされている、上履きに目をやる。靴のラインは赤色だった。三年生だ。

「……北原って、お前か」

「そうですけど」

俺が頷くや否や、男はまっすぐにこちらに向かってきた。

「お前、牧野佑那と付き合ってるのか」

いきなりそう訊かれた。

相手の声や目つきには、うんざりするほど明白な敵意が込められている。

不快な緊張感が俺の体を満たしていく。俺は唾を飲み込み、「いいえ、違います」と首を振った。

「こっちを見ろよ、ガリ勉オタク」

男が机に両手を突き、息がかかる位置から俺を見下ろす。

俺はノートパソコンを持って立ち上がろうとしたが、すかさず男に腕を掴まれた。皮膚に食い込む爪の痛さに体がすくむ。痛みに抵抗力を奪われ、俺はまたその場に腰を下ろした。

「噂が本当かどうかは、どうでもいい。俺は牧野が好きだ。だから、牧野にちょっかいは出すな。分かったな」

それだけ言うと、男はそのまま背を向けて物理教室を出て行った。

あっという間の出来事だった。

開かれたままの戸をしばらく見つめ、俺は右腕をさすった。掴まれた部分には爪の痕《あと》がついていて、まだじんじんとした痛みが残っていた。

放課後。俺はホームルームが終わるとすぐに、一組の教室へと向かった。

廊下から覗くと、草間志桜里は数人の男女と楽しげに会話をしていた。その中に割って入るのは勇気がいったが、俺は覚悟を決めて教室に足を踏み入れ、「ちょっといいかな」と草間に声を掛けた。

「ん？　あれ、北原大先生じゃないですか」と草間がいつもの軽さで言う。周りの男女は対照的に、訝しそうに俺を見ていた。全員が例の噂を知っているのだろう。

俺は彼らの視線を無視し、草間を連れて教室を出た。前の時のように、ひと気のない階段の踊り場に向かい、「聞きたいことがあるんだ」と切り出す。

「ん？　何？　佑那の話？」

「半分イエスで半分ノーだな。知ってたら教えてくれ。実は……」

俺は昼休みに会った、長身の三年生のことを草間に説明した。すると彼女はすぐに「ああ、村岡《むらおか》先輩だ」と手を打ち鳴らした。

「ひょっとしてあれか。牧野に告白してフラれた連中の一人か」

「そうだよ。中でも一番熱心な人だね。去年から何回も佑那に付き合ってくれって迫っててさあ。一目惚れなんだって。一途で純粋で悪い人じゃないっぽいんだけど、ねえ、だからって彼氏にするかどうかは別問題だもんね」

「俺に脅しを掛けてくるんだから、どう考えても悪いやつだろ」

「善悪で言えば確かに悪なんだけど、なんていうか、子供っぽいところがあるんだと思う。小学生みたいな嫉妬だよね、要は。そこがいいって言う人もいるだろうけど、佑那は苦手なんじゃないかな。だから、奪われる心配はないよ」

「いや、奪うとか奪われるとか、そういうことじゃないんだ」

「え、それってのろけだよね？　『何があっても俺たちは平気だ！』みたいな。佑那との絆《きずな》はそんなに強いんだね。いいなあ……」

「全然違う」俺は即座に否定した。「前も言ったよな。そもそも俺と牧野はなんでもないんだって」

「うわ出た、ひねくれ発言」と草間が笑う。「無理して隠さなくていいんだよ。誕生日に家に遊びに行ったんでしょ？」

「……どうしてそれを？」

「うちのお母さん、佑那ママと仲がいいんだよ。それで、佑那ママから聞いたんだって。誕生日に彼氏を紹介してもらったって。真面目そうな子だったから、安心したって言ってたみたい。よかったね。好印象だよ」

俺は微かな頭痛を覚え、指でこめかみを押さえた。

「……牧野本人は、なんて？」

「内緒だよって言って、認めてくれたよ、付き合ってること」

草間が嬉しそうに答えた時、「――こんなところにいたんだ」と、下から声が聞こえた。

ぱっと振り返ると、二階の廊下で牧野が小さく手を上げていた。

「ありゃ、見つかっちゃったか」草間がぴょんぴょんと跳ねるように階段を降りていく。

「言っておくけど、ただの世間話だからね。変な誤解しないでよ」

「分かってるよ」と牧野が笑う。

「ならよし。じゃ、私は帰るから。たっぷり二人の時を過ごしてね！」

草間が派手に手を振りながら走り去る。

草間の足音が消えるのを待って、牧野は階段を上がって俺のところにやってきた。

「志桜里と何の話をしてたの？」

「世間話って言ってただろ。大したことじゃないよ」と俺はごまかした。村岡に絡《から》まれたことを話したところで、ただ牧野を不安にさせるだけだ。

「そう？　じゃあ、そういうことにしておこうか。帰ろ」

牧野が当然のように俺の手を握る。その温かさと唐突さに驚き、俺はとっさに牧野の手を振り払っていた。

「ちょっと、なにしてるの」

「それはこっちのセリフだ。ここ、学校だぞ」

「しょうがないじゃない。そういう夢を見たんだから」と牧野が唇を尖らせる。「北原くんと手を繋いで一緒に下校するシーン」

「……そんなことをしたら、ものすごく目立つぞ」

「分かってるよ。でも、そうするしかないから」

「噂のことは知ってるよな、さすがに。それが噂じゃなくなるけど、構わないのか？」

そう尋ねると、牧野はちらりとこちらを見てから足元に視線を落とした。

「付き合ってることを内緒にしてほしいって北原くんに頼まれてたけど……もう、そろそろいいんじゃないかな。今日みたいな夢を見ることもあるし、認めちゃった方が楽かなって……」

「それは、そっちの都合だろ」

「違うよ。私だけじゃない。北原くんの命が懸かってるんだよ」

そう言って、牧野が俺の手をまた握った。

触れたところから伝わってくる温度はさっきよりも高い。その熱には、俺の抵抗を奪い去るだけのエネルギーが込められていた。

無数の言葉が俺の頭の中に渦巻いていた。牧野に言いたいこと、訊きたいこと、確かめたいことは山ほどあった。しかし、どんな言葉を選んでも牧野を傷つけずには済ませられそうになかった。

だから、俺は何も言わずに、牧野と手を繋いで下校することを選んだのだった。

2964——【2017・7・31(月)】

蟬《せみ》の声が鳴り響く中、俺はクーラーの利いた自室で、一人パソコンのモニターとにらめっこを続けていた。

何気なくモニターの隅の時刻に目を向ける。時刻は午前十時になっていた。もう、三時間近く座りっぱなしだったのか、と時間の経つ速さに驚かされる。

さすがに目が疲れてきた。俺は強くまぶたを閉じ、首を振って立ち上がった。

夏休みに入って、早くも十日が経とうとしていた。休みはいつだって大歓迎だ。どこにも出かけず、ひたすら自室で好きなことに没頭する。俺は例年そうやって過ごしてきたし、今年もそのスタイルで生活している。中学以来の趣味である、プログラミングのことだけを考えて毎日を送っていた。

だが、好きなように時間が使えるにもかかわらず、コンテストに向けたプログラムの改良はまったくはかどっていなかった。

人の顔の検出という、コンテストの課題をある程度こなせるプログラムは完成している。問題はその水準だ。

コンテストでは、主催者側が用意した写真を自動で読み取り、写っている人数をカウントする、という処理を合計で三千回繰り返す。その処理速度と正答率が評価のポイントになる。素早く正しく処理する。目的はシンプルだが、それは同時に達成するのが困難な、いわゆるトレードオフの関係にある。

例えば、顔全体ではなく、人の目と思われる色の濃い部分だけを読み取れば、速度は上がるだろう。しかし、簡単な処理であるがゆえに、ボウリングの球の穴を人の目だと誤認識してしまうかもしれない。スピードを追求したせいで、精度が落ちてしまうのだ。人間だって、急いで仕事をすればクオリティは下がる。それと同じことがコンピューターでも起きるということだ。

どうすれば、よりよいプログラムに近づけるのか。俺は日々試行錯誤を繰り返しているが、これといった改善案は見つかっていない。正直、かなり苦戦している。

腕を組みながら部屋をぐるりと一周し、俺は本棚の前に立った。何かヒントはないかと、プログラミング関連の書籍に手を伸ばす。

適当にぱらぱらとめくってみるが、すでに何度も読んだ本だ。どこをめくっても、見覚えのある記述しかない。

俺は本を棚に戻し、ベッドにごろりと横になった。

枕元に置いてあった携帯電話を確かめてみる。牧野からの連絡は来ていなかった。

手を繋いで帰ったあの日以降、俺たちは公式に彼氏と彼女という関係になった。夏休みが始まるまでのたった二日間ではあるが、一緒に登下校するようになり、昼休みは二人で物理教室で過ごすようにした。無論、牧野がそれをリクエストしたからだ。

　このアピールにより、廊下を歩いている時にひそひそと噂を囁かれることはなくなり、高谷からは「羨ましいぞ、この野郎」とからかわれた。

　ただ、意図せぬ形とはいえ、俺は村岡に「牧野と付き合っていない」と嘘をついたことになる。そのことで村岡に文句を言われ、なんなら暴力を振るわれるのではと懸念していたが、今のところは何も起きていなかった。俺がずっと牧野と一緒にいたので、村岡も手を出しづらかったのだろう。

　俺と牧野の関係は、対外的には一段階進んだことになる。しかし、夏休みに入って以降、牧野とは一度も顔を合わせていない。たぶん、俺と会う夢を見ていないのだろう。

　俺と牧野の間には、常にくだんが存在している。牛と人とが融合したその妖怪の気まぐれが発動しない限り、俺たちには何も起こらないということだ。

　プログラムとまったく関係のないことを考えているうちに、俺はいつしか浅い眠りに落ちていた。

　現実と夢の狭間を浮遊する感覚に身を任せていると、突然右手に痺《しび》れが走った。慌てて体を起こすと、持ったままだった携帯電話が震えていた。着信だ。

　画面には牧野の名が表示されている。これが現実の出来事かどうか確信が持てないまま、俺は「……もしもし？」と電話に出た。

「あ、北原くん？　おはよー。何してた……って、訊くまでもないか」

牧野の声は、夏休みに入る前と何も変わっていなかった。悩みなど一片たりとも感じさせない、明るさの弾ける声だった。

「お祭しの通り、プログラミングだよ」

「夏休み中に、コンテストに向けて本気で頑張るって感じかな？　すごいね、他の人は勉強のことで頭がいっぱいだよ、たぶん。休み明けにいきなり模試があるし、もちろん宿題もあるし」

「心配しなくても、勉強の方も手は抜かないよ。テストの点が下がったらいろいろ言われるだろうしな」

「いろいろ？」

本気で分からないのだろうか？　俺は渋々、「彼女ができたから成績が落ちた……みたいなことだよ」と教えてやった。

「ああ、そういうことかあ。それはなんていうか、うーん、申し訳ないです」

「いいよ、そっちが気にするようなことじゃないだろ。俺が頑張れば済む話だし、別にしょっちゅう勉強を邪魔されてるわけじゃないからさ」

フォローのつもりでそう言うと、牧野は急に黙り込んでしまった。

「……どうした？」

「いやあ、なるべく邪魔はしないでおこうと思って連絡しなかったんだけどね、その、くだん様がまた……君と会えって言ってるんだよ」

「そうだろうと思ったよ」

俺はベッドから立ち上がり、カーテンを開けた。屋外の何もかもが真っ白に見えるくらい、よく晴れている。圧倒的な「夏」がそこにあった。まさに、サマーオブサマーという感じだ。個人的には、これほど外出に不向きな日はない。

俺は牧野に聞こえないようにため息をつき、「で、どうすりゃいいんだ？」と諦めの境地で尋ねた。

「一緒に遊びに行ってくれたら、それでいいから。それで、一つ確かめたいんだけど……北原くんって、水着持ってる？」

「……はあ？」

午後一時。俺はバスに乗り、隣の市にある市民プールへとやってきた。

入口ゲート前にあるチケットの自販機には、人の列ができていた。三十人くらいは並んでいる。ほとんどが自分と同年代の男女だ。

桜が有名な公園に隣接したこの施設には、二五メートルプールはもちろん、流れるプールやウォータースライダーも設置されている。入場料が安くて楽に来られて、しかも遊び甲斐があるのだから、中高生が集まるのも必然と言えた。

周りを見回していると、「おーい、こっちー」と聞き覚えのある声がした。見ると、自転車置き場の屋根の下で牧野が手を振っている。今日は翡翠色のTシャツにジーンズという、動きやすそうな格好をしていた。

「いやー、暑いねー」

「暑いのは分かりきってただろ。だからおとなしく家で引きこもってたんだけどな」

「まあまあ、そうイライラしないで。水に入れば暑さなんて忘れるよ」

牧野が手で顔をあおぎながら笑う。日陰にいたにもかかわらず、彼女の首筋にはうっすらと汗が浮いていた。

そこで、俺は彼女の首に細い鎖が見えることに気づいた。

「あ、これ?」

牧野が鎖に指を引っかけ、胸元からネックレスを引っ張り出す。先端についた、小さな赤いハート。俺が牧野の誕生日に贈ったものだった。

「中では外すから安心して。アクセサリー禁止だし、無くしたら大変だからね。また帰りにつけるよ」

「そっか……」そのままでいいのにな、の一言を俺は飲み込んだ。「……ああ、そうだ。チケットを買わないとな」

自販機の方に歩き出そうとしたところで、「もう買ってあるよ」と牧野が入場券を取り出した。「今日は私のおごりでいいよ」

「いや、払うよ」俺は牧野に四百円を渡した。「変なところで借りは作りたくない」

「このくらい全然いいのに。律儀っていうか、細かいっていうか」

「うるさいな。払ったんだから文句を言うなよ」

「はいはい。ちなみに水着はどうしたの？　電話では持ってないって言ってたけど」

「買ったよ、駅の近くのスポーツ用品店で」

そう言って、俺はリュックサックを叩いてみせた。

プールに行く夢を見たんだ、と牧野に言われ、俺は焦った。ウチの高校にプールはなく、水泳の授業もないからだ。中学校でも水泳はなかったし、小学校の時に使っていた水着はすでに捨ててしまったので（あっても穿《は》けないが）急遽新しい水着を調達する羽目になった。予定外の出費もいいところだ。

二人で並んで、プールの入口へと向かう。係員にチケットを渡し、そこで二手に分かれ、男女それぞれの更衣室に入った。

ずらりとロッカーが並ぶ更衣室には、帰り支度をしている若者たちの姿があった。冷えて白っぽくなった唇と、日焼けで赤くなった肌が対照的だ。

たぶん、帰りには俺もあんな風になるだろう。泳ぐ前から、自分の疲れ果てっぷりが容易に予想できる。バスで熟睡すること請け合いだ。

俺はちゃっちゃと着替えを済ませ、プールサイドへと向かった。

暗いところから急に日差しの下に出たので、眩しさに一瞬視界が掻き消えた。

瞬きをして、改めて周囲を見渡す。やっぱり人が多いな、というのが俺の感想だった。どちらに視線を向けても、半裸の若い男女が目に入る。

プールサイドの床はすべて水色に統一されていた。左手に見える流れるプールには、等間隔に人の上半身が浮かび、ゆっくりと流れていっている。まるで、マネキン人形を生産している工場のベルトコンベアだ。右手にある二本のウォータースライダーからは、ひっきりなしに叫び声が聞こえてくるし、その奥にある二五メートルプールからもざわめきが伝わってくる。とにかく、誰もが笑顔ではしゃぎまわっていた。

こういうレジャー施設に足を運ぶ機会がないので、その非日常感に俺は呆然と立ち尽くす

頃は、何時間も友達と泳いでも平気だったのにな」

「北原くんにも、友達がいたんだ」

「そこに反応するのかよ。いたよ、昔は。でも、中学に入ってからは遊ばなくなったな。俺はプログラミングにハマったたし、友達は別の友達とつるむようになったしな。大体、誰でもそんなもんじゃないか？　新しい環境で新しい友達を作れなかったら、人付き合いは減っていくだろ」

「そうだね。じゃあ、私は運がよかったのかな。中学校でも高校でも、いい友達に恵まれて……。くだんは、人間関係には口出ししてこないんだ。あいつと絶交しろとか、こいつと友達になれとか、そういう予知はしないの」

「その割に、俺への告白を強制したじゃないか」

「そうなんだよねえ」と牧野が空になったチューブ容器をコンビニのレジ袋に落とす。

「……なんで、俺だったんだ？」

ずっと気になっていた質問が、するりと口をついて飛び出した。それは、俺自身が驚いてしまうほどのスムーズさだった。

「うーん。どうしてなんだろう。私も不思議」牧野が首をかしげる。「接点のなかった北原くんを選んだ理由が、未だによく分からないんだよね」

「春休みに歯医者で会った時、俺のことを知ってるって言ってたよな」

「うん。っていうか、君のことを知らない人なんていないよ。なんといっても、東大合格間違いなしの天才だからね」

「あんまりいい評判じゃないんだろうな」

村岡にガリ勉オタクと言われた記憶が蘇《よみがえ》る。どうやら俺は、同級生のみならず、上級生にまで名前を知られた存在であるらしい。

「そんなことないよ。北原くんのことを尊敬してる人もいっぱいいるよ。私だってそうだったもん。君みたいになれたらな〜って憧れてたよ。ひょっとしたらそれが、あの告白に繋がったのかもね」

「……憧れ、ね」

俺は前歯でチューブの口をぐりりと噛んだ。

牧野は俺に告白した時、はっきり言っていた。俺に対して好意は持っていないと。

あれから二カ月半が過ぎた。牧野の気持ちは今も変わっていないのだろうか。そんな疑問が、心の底から浮かび上がってきた。

そっと隣を窺う。牧野はベンチに手をついて、子供のように足をぶらぶらさせていた。胸元では、ピンクゴールドのネックレスが、夜空の火星のように輝いていた。

「――ん？　どうかした？」

牧野がこちらを向く。

何のためらいもなく、俺をまっすぐに見てくる。

その瞳に、心臓が言うことを聞かなくなる。鼓動が加速し、俺の血液を熱くする。

「あの、さ……牧野は……」

――俺のことを、どう思ってる？

熱に浮かされたようにその問いを口にしようとした瞬間、「あっ、来たよ」と牧野が立ち上がった。彼女の視線の先には、近づいてくる路線バスがあった。

俺は嘆息し、ゆっくりとベンチから腰を上げた。タイミングを逸したことで、牧野に疑問をぶつけようという気は失せていた。

くしゃみと同じだ。次のチャンスが来るのを待つしかない。


「じゃあね。また何かあったら連絡するよ。プログラミング、頑張ってねー」

「ああ。なるべくなら、そっとしておいてくれ」

「分かった。くだん様によーく言っておくよ」

笑顔の牧野に見送られながら、俺は自宅近くの停留所でバスを降りた。

時刻はまだ午後三時だ。暑い。とにかく暑い。アスファルトから立ち上る熱に、立ちくらみを起こしそうになる。

水に浸かって多少手足を動かしただけなのに、体がだるくて仕方がない。紫外線が肌を貫き、筋肉組織までも破壊してしまったのではと心配になるほどだ。

さすがに、帰ってすぐにパソコンの前に座る気力はない。昼寝をして体力を回復させなければ。

少しでも早く、冷房の利いた部屋へ……。その一心で足を動かしていた俺は、自宅の前に佇む人影を見て足を止めた。

頭を陽光に炙《あぶ》られながら、こちらを睨んでいる長身の男――そこにいたのは、三年の村岡だった。ラーメン店の店主のように、白いタオルを頭に巻いている。

「……やっと帰ってきたか」

村岡はよろよろと俺のところにやってくると、首に掛けていたもう一枚のタオルで顔の汗を拭った。

「どうしてここに……?」

「調べたんだよ、二年の連中に訊いてな。分かるだろ、それくらいのことは。アタマいいんだろうが」と、村岡が綺麗に整えられた細い眉をひそめる。

「あ、いえ、ＨＯＷではなくてＷＨＹの意味の『どうして』なんですけど」

「ああ？　そんなもん、用事があるからに決まってるだろ。チャイムを鳴らしたら、お前のおふくろさんが出てきて、『どこかに出掛けた』って言うからよ。ここで待ってたんだよ」

ご苦労様です、と声を掛けそうになり、俺はすんでのところで踏みとどまった。下手な挑発は相手を怒らせるだけだ。

村岡は腕を組んで俺を見下ろし、「……牧野佑那とデートか」と忌々しげに言った。

「デートというか、その、市民プールに少し」

「それを世間じゃデートって言うんだよ、アホ！」

村岡が声を荒らげた瞬間、俺の全身がこわばった。殴られる、そう思っただけで、体がまともに動かなくなる。痛みを恐れて、反射的に防御行動を取ってしまう。

「……そんなにビビるなよ」舌打ちをして、村岡が困り顔で頭を掻く。「心配しなくても、ボコったりしねえよ。もし俺がお前を殴ったことを牧野が知ったら、たぶん、二度と相手をしてもらえなくなるからな。そんな馬鹿な真似をするかよ」

「……はあ、そうですか」

情けないことに、俺は今の村岡の言葉に安堵した。痛みに対する恐怖心が人より強いという自覚はあったが、まさかここまでとは。心底、自分の臆病さが嫌になる。

「安心したか？　んじゃ、本題だ」村岡が俺の方に顔をぐっと突き出した。「俺は納得してない。なんでお前が牧野佑那と付き合っているんだ？」

「なんでと言われましても……成り行きとしか」

「分かんねーんだよ、それじゃ。どうやってそうなったのか、話してみろ」

「いや、本当によく分からないんです、俺も。きっかけを作ったのは向こうですし」

「……いいから、最初から全部話せ」

さらに村岡が俺に詰め寄る。このままでは、自宅の塀に「壁ドン」されかねない。「あの、じゃあ、どこか涼しいところに行きませんか」と俺は提案した。

村岡が天を仰ぎ、「確かにな」と顔をしかめた。「じゃ、そこは」

そう言って村岡が指差したのは、あろうことか俺の家の玄関だった。家に上げてくれと言っているのだ、この男は。

「いや、さすがにそれはちょっと」

「別にいいだろ。わざわざ喫茶店に入んのも金がもったいねえしよ。おふくろさんに頼んでくれよ。なっ」

自宅前で待ち伏せた挙句、家の中で話そうと提案するその身勝手さに、俺は怒りや呆れを通り越して、ちょっとした好感すら抱いてしまった。「子供っぽいところがある」と草間は言っていたが、「っぽい」どころか、「やんちゃな小学生がそのまま体だけ大きくなった」ぐらいのことは言ってもいいレベルだろう。だからこそ憎めなくなる。こういう人間もいるんだと感心してしまう。

「……分かりました。じゃ、友達ってことで親に話しますんで」

村岡を玄関先で待たせ、家に入る。母はリビングで洗濯物を畳んでいた。高校の友達が遊びに来ていると伝えると、母は「ええっ！」と大げさな声を上げた。

「まあ珍しい。なんなら泊まっていってもいいのよ」

母はそんなことを言う。大歓迎じゃないか。

「……話が終わったらすぐに帰るから。余計な挨拶とかいらないから」と母に釘を刺し、俺は玄関へと戻った。

軒下の日陰にしゃがんでいた村岡が、「どうだった？」と腰を上げる。

「……大丈夫でした。部屋は二階ですんで」

「お、そうか。悪ぃな。お邪魔させてもらうぜ」

なぜこんなことに、と繰り返し自問しながら、俺は村岡と共に自室に入った。

「全国レベルの天才だって話だけどよ、部屋は普通だな」村岡は興味深そうに室内を見回し、床の上にあぐらをかいた。「じゃ、牧野佑那との出会いからしっかり語ってもらおうか」

「話すのは別にいいんですけど、それを聞いてどうするんですか？」

「……俺はな、牧野のことが本当に好きなんだよ」しみじみと村岡が呟いた。「去年の春だよ。入学してきた牧野をひと目見た瞬間に、俺にはこいつしかいねえって確信した。もちろんすぐにコクったけどダメで、それでも全然諦めきれなくて、それからも何回か『付き合ってくれ』って申し込んで……でも、毎回断られて……」

ベッドに座って話を聞いていた俺は、そこで我が目を疑った。なんと、村岡は泣いていた。頬を流れる涙を、必死に手の甲で拭っている。

「なあ、北原」村岡がこちらに涙まみれの顔を向けた。「教えてくれよ。なんで俺じゃなくてお前だったのか……」

「いや、そう言われましても……」

「自分がみっともねえ真似をしてるのは分かってんだよ。……でもよ、理由が分かんねえと、諦めらんねえんだよ」

村岡の純真すぎる視線を受けながら、俺は首を振った。

「理由は、俺にも分かりません。そもそも、俺たちの関係はちょっと特殊なんです」

「特殊……？　何が特殊なんだよ……俺を傷つけて楽しんでるのか？　どんなアブノーマルプレイを楽しんでるって言うんだよ……」

「いや、そういう意味じゃないんです」

「……じゃ、どういう意味だよ」

どこまで話すべきか。俺は迷いながらも、少しでも真実に近いことを伝えたいと感じていた。村岡は、本気で牧野のことを想っている。彼氏の前で涙を流すという醜態を演じてまで、自分の片思いを終わらせようとしている。村岡が感じている心痛は相当なものだろう。せめてそれを和らげてやりたかった。

「牧野は、俺と付き合う夢を見たと言っていました。それがきっかけで、俺のことを意識するようになったらしいです」

くだんのことを伏せ、俺はそう説明した。

「……じゃあ、なにか？　牧野がもし、俺とデートする夢を見たら……それが現実になる可能性もあるってことか？」

「……おそらくは」と、俺は神妙に頷いた。

「そうか……そういうことだったのか！」村岡は立ち上がり、両手の拳を強く握り締めた。

「じゃあ、俺にもまだチャンスはあるってことだよな。夢で逢えるように頑張ればいいんだよな！　そうだろ！」

「え、あ、いや、ちょっと、保証はできないですけど……」

もう、村岡には俺の声は聞こえていないようだった。「よし」とか「よっしゃ」とかを何度か繰り返すと、「マジで答えてくれてありがとよ。おかげで勇気が湧いてきたぜ！」と言い残して、部屋を出て行ってしまった。

呆然とベッドに座っていると、「お友達、もう帰っちゃったの？」と母が二階に上がってきた。「ケーキかなにか買いに行こうと思ってたのに」

「……だから、すぐ終わるって言ったじゃん。疲れたし、ちょっと寝るから」

俺は立ち上がってドアを閉め、ベッドにごろりと横になった。

帰ってきてから入れた冷房が、ようやく利き始めていた。

顔に手を乗せ、目を閉じる。そうしていると、牧野とプールに行ったことが、遥《はる》か昔のことのように思えてくる。

「……疲れたな」

俺は腕で目を覆ったまま呟いた。

部屋の中に、自分のものではない、ミント系のガムっぽい匂いが漂っている。村岡が付けていた整髪料か何かの匂いだろう。

村岡に伝えた内容を思い返し、俺は天井に向けて大きく息を吐き出した。

——あれで、本当によかったのだろうか。

「くだん」という妖怪のことについては、一切触れていない。「夢のお告げに従って行動する、ちょっと変わった一面がある」程度の伝え方に留めたつもりだ。それ自体、牧野の評判を傷つけるようなものではない。

だが……。

——もし、牧野が村岡とデートをする夢を見たら？

ショッピングモールに行き、ボールペンやアクセサリーを買い、一緒にクレープを食べる。暑い日にプールに行き、水着姿を堂々と見せる。その相手が俺ではなく、村岡になったとしたら……。

その情景を思い浮かべるたびに、少しずつ脈が速くなっていく。

もう、これ以上考えるな——。

俺は脳にストップを掛け、まぶたをぎゅっとつむった。

疲れていたことが、幸いしたようだ。

全身を包んでいた疲労が、頭の中にも染み込んでいく。俺は思考の渦に呑まれる前に、眠りの世界に逃げ込むことに成功した。

2979――【2017・8・15(火)】

八月十五日。日本という国にとって、様々な意味を持つその日。俺は西へと向かう新幹線に乗っていた。

「――とんでもない夢を見ちゃったの」

今朝、俺は午前七時前に牧野からの電話で起こされた。彼女はいつになく狼狽《ろうばい》していて、声も震えがちだった。だから、逆に冷静に牧野の話を聞くことができた。

三日前から、兵庫県の山中にある母の実家に滞在している。それなのに、俺と二人で山道を歩いている夢を見てしまった。牧野は訥々《とつとつ》とそう説明した。

「……ど、どうしよう」

今にも泣き出しそうな牧野の声を聞くと、「いや、知らねえよ」と突き放すことはできなかった。「分かった。すぐ行く」と伝え、俺は身支度に取り掛かった。

交通費は、小学校の頃から貯めたお年玉があるので問題ない。両親は、仙台にある父の実家に帰省していて不在。帰ってくるのは二日後だ。俺が黙って家を空けても、気づかれることはない。幸い……と言うべきだろうか。とにかく、西行きを阻《はば》む要素は何もなかった。

念のために宿泊の準備を整え、俺は東京駅にやってきた。新幹線で座れるか心配だったが、あっさり指定席が取れた。「帰省ラッシュの往復どちらのピークからも外れている」というのが、席が空いていた理由なのだろうが、俺はそこに、何か運命めいたものを感じずにはいられなかった。

無事に席も確保し、俺はこうして猛スピードで牧野に会いに向かっている。プログラミングの邪魔をしやがって、とは思わない。八月に入ってからずっと、コンテストに向けたプログラム作りは停滞している。家にいても進展はないだろう。自然とのふれあいで気分転換を図る方がまだましだ。

後方へと流れ去っていく景色を眺めるのに飽き、俺は目を閉じた。

久しぶりの遠出だが、浮ついた気分にはなれなかった。これから向かうのは、牧野がくだんの呪いを受けたと主張している土地なのだ。得体の知れない灰色の霧に突入するような、漠然とした不安を俺は感じていた。

午前十一時十七分。新大阪駅に降り立つと、ホームで牧野が俺を出迎えた。彼女はボーダーのTシャツとスキニージーンズという服装で、俺が贈ったネックレスをシャツの外に出していた。

「ごめんね、こんなところまで来てもらって……交通費、私が出すから」

牧野がそう言い出すことは予想済みだった。「いいよ。気にするなよ。それより、予知を実現するのが先だろ」と言って、俺は歩き出した。

「でも、何万円も掛かるし……」

「その話は東京に戻ってからだって。で、どこに行けばいいんだ？」

「……じゃあ、電車に乗ろうか。ここからだとＪＲで一時間くらいかな。お昼ご飯はコンビニで買っておいて、電車の中で食べよう」

「さすがに遠いな」

「山の中だからね。駅から母の実家までは、車で行くから」

牧野に先導され、在来線ホームへと向かう。

「夢の内容、もうちょっと詳しく教えてもらっていいか」

こくり、と牧野が頷く。

「……北原くんと二人で、山の中を歩いてる夢だったの。舗装されてない、傾斜のきつい細い道」

「知ってる場所か？」

「ある程度は。朝、母の実家の周りを歩いて、どの辺なのかは確認したよ。そんなに山奥まで行く必要はないと思うけど……」

「けど、何だよ」

「夢は途中で終わってたんだけどね。もしかすると……」

牧野はそこで黙り込んだ。初めて見る、思い詰めたような横顔に、俺はそれ以上何も訊けなくなる。

「……分かった。とにかくそこに行けばいいんだな」

「うん。ごめんね……」

「いいよ、謝らなくて。それより、東京からはるばるやってきた俺に、何か楽しい話題はないのか？　二人で暗い顔をしてたら、どこまでも気分が沈んでくだろ」

「あるよ！」牧野の表情が、ぱっと華やいだものになる。「いとこが、赤ちゃんを連れて帰ってきてるんだ。いま五カ月で、手とか足とか、ぷにぷにのもにもにで、もうね、すんごく可愛いの」

スイッチが切り替わったように、牧野は親戚の赤ん坊の話を始めた。

表情にぎこちなさがある。無理をして明るく振る舞おうとしているのは明らかだったが、そんなことを指摘するような無粋《ぶすい》な真似はしなかった。

牧野にはやっぱり、笑顔が一番似合う。

たっぷり電車に揺られ、山中の無人駅に降り立った俺たちを、牧野の母親が出迎えてくれた。

「ごめんね、こんなところまで」

「あ、いえ、割と近くにいたんで」と俺は事前に牧野と打ち合わせた通りの説明をした。事実を話すと極めてややこしいことになるのは目に見えていたので、京都にある親戚の家にいた、ということにしてある。

「会うにしても、大阪とか神戸で遊んできたらよかったんじゃないの？　こんな田舎に来てもらっても、何もないよ」

申し訳なさそうにする母親に、「大丈夫。北原くんは、鄙《ひな》びたところが好きなんだって」と牧野が言った。

「そうなんです。ぜひ足を運びたいなと思いまして」と俺も話を合わせた。

「若いのにお年寄りみたいなこと言うのね。でも、老成した雰囲気はあるよね」と牧野の母親が俺を見て笑った。

「北原くんは天才だからね。世の中のいろんなことが分かりすぎて、常に冷静でいられるんだよ」

「なるほどね。本当に何もないところだけど、新鮮な空気をいっぱい吸って帰ってね」

そんなやり取りを終え、俺たちは牧野の母親が運転する軽乗用車に乗り込んだ。後ろの席にチャイルドシートがあるのは、親戚の車だからだそうだ。

俺たちが降りた駅は、標高二〇〇メートルを超える場所にあった。そこからさらに、車一台分の幅しかない山道を登ること三十分。やってきたのは、大きな平屋の一軒家だった。今は薄い金属の板に覆われているが、二十年ほど前までは茅葺《かやぶ》き屋根だったらしい。屋根裏の広いスペースでは、かつては蚕《かいこ》を飼っていたそうだ。

辺りに他の民家は見当たらない。右を見ても左を見ても、振り返っても家の裏手を見ても、ひたすら木、木、木である。

家の前には車が何台も停められていた。盆休みを利用し、全国から親族が集まっているのだろう。

牧野の母親には、ぜひ上がっていってくれと言われたが、あまりぐずぐずしていると今日中に東京に戻れなくなる。「ちょっと散歩をしてきます」と伝え、荷物だけを預けて家を出た。

牧野と共に、上がってきた道を徒歩で降りていく。左右に生えている背の高い木々のおかげで、日光の大半は遮られている。真夏の昼間とは思えぬ涼しさに、ほっと心が安らぐ。これぞ避暑だな、と俺は思った。

道を少し下ったところでガードレールをまたいで越え、山道に入っていく。ここからが、牧野の夢に出てきた光景になる。自然に、先頭が牧野、後ろが俺というフォーメーションになった。

こんなところに分け入って大丈夫なのだろうかと心配していたが、見渡す限りどこまでも続く杉林の中に、そこだけ地面が露出した細い道がある。右に左にと曲がりくねりながら、急斜面を縫うように上へと続いている。

「ここ、誰かが定期的に通ってるのかな」

オオバコを踏みしめながら尋ねる。

「猪《いのしし》だろうって、子供の頃にお祖母ちゃんから聞いた記憶があるよ。誰も来ないよ、こんな寂しいところ」

言葉を返してくれたが、牧野がこちらを振り返る様子はない。進むべき道を外さぬようにと、足元をじっと見つめながら歩いている。

背中越しに緊張が伝わってくる。これは単なるハイキングではなさそうだ。おそらく、この先に何かが待ち受けているのだろう。

しばらく進んでいくと、急に周囲が暗くなった。見上げてみると、森に蓋《ふた》をするようにどす黒い雲が広がっている。空気も湿り気を帯びてきた気がする。ひょっとすると、雨になるかもしれない。俺は牧野の実家に荷物を置いてきたことを後悔した。リュックに折り畳み傘を入れてあるが、持ち歩かないと何の意味もない。

「お祖母ちゃんは、ずっとこの土地に住んでたんだ。生まれてから、亡くなるまで」牧野が前を向いたまま言った。「前に、私がくだんの話をしたのを覚えてる？」

「人の顔と、牛の体を持つ、予知能力のある妖怪だろ。忘れる方が難しいな」

ふふっ、と小さく笑い、牧野が再び口を開く。

「くだんにまつわる伝承を、お祖母ちゃんから聞いたことがあるの。くだんは元々、豊作を知らせるおめでたい妖怪だったんだって。だから、石像を作って祀《まつ》るっていう発想が出たんじゃないかと思う」

「なるほどな。この地域の住人にとっては、くだんは馴染みのある存在なんだな」

「たぶんね。……そんな大事な石像を壊しちゃったら、呪われても仕方ないよね」と、牧野がどこか投げやりな口調で言う。

「昔話とか童話とかで思うんだけど」と俺は言った。「ちょっとしたことで強い罰を与えすぎなんだよ。玉手箱を開けただけで爺さんになったり、パンを踏んだだけで地獄に落とされたりさ。どいつもこいつも心が狭すぎるよな」

牧野は足を止め、ちらりとこちらを見て「そうだね」と頷いた。

「……でもね、ひょっとしたら私はこうなる運命だったかもしれないって思うんだ」

牧野はそう呟き、再び歩き出した。

「なんでだよ」

「私の名前。『牧野、佑那』……『牧』はうしへん、『佑』はにんべんでしょ？　半分が牛で、半分が人になっちゃってる」

「単なる偶然だろ」と俺は言葉に力を込めた。

「…………」

こちらの気持ちが伝わったのか伝わっていないのか、牧野は静かになってしまう。俺は牧野に聞こえないように、小さくため息をついた。

牧野は自分に関わる様々な事柄を、くだんの呪いにこじつけて解釈している。思考回路がそういう風になってしまっているのだ。その思い込みを解消し、自由に生きられるようにしてみせる……などと大それたことを言うつもりはないが、真っ当な方向に舵を切る手助けくらいはしたいと思う。

黙って森の中を進んでいくうちに、斜度がさらにきつくなっていた。運動不足の俺は当然として、牧野もかなり息が上がっていた。

「なあ、どこまで……」

行くんだよ、と尋ねかけた時、木々の向こうに白い光が見えた。上っていった先に、開けた場所があるようだ。

「やっぱり、夢じゃなかったんだ」

ぽつりと言って、牧野が歩く速度を上げた。

……あそこは、ひょっとして。

俺は唾を飲み込み、牧野のあとを追って斜面を上り切った。

俺たちを労うように、ひやりとした風が吹き抜けていく。

たどり着いたのは、雑草が生い茂った円形の空き地だった。森の中に爆弾でも落としたかのように、この場所だけ綺麗に木が生えていない。

その空き地の真ん中に、子供の背丈ほどの高さの木箱がある。三角の屋根が付いたそれは、遠目には扉の付いた犬小屋のようにも見えた。

「……あれ、牧野の話に出てきた祠《ほこら》だよな」

「そう。もしかしたら、自分の妄想だったかもしれないって思ってた。でも、本当にあったね」

牧野が俺の手を握る。体を動かし続けていたのに、彼女の手は冷え切っていた。

振り払わずに、俺はぎゅっとその手を握り締めた。

「……ここにたどり着くって分かってたんだな」

「夢の中で歩いていた道に見覚えがあったから、覚悟はしてた」と牧野が頷く。「試してみたいことがあるの。ちょっとだけ、力を貸してもらっても……いい？」

真剣な眼差しを向けられ、俺は「ああ」と頷いた。何をするつもりかは分からないが、ここまで来たのだ。なんでもやってやろうという気になっていた。

「ありがとう。じゃあ……」

俺たちは手を繋いだまま、ゆっくりと祠に近づいた。

観音開きの扉はぴたりと閉じられている。ライターくらいの大きさの板切れが、扉に釘で打ち付けてあった。年月を経て白っぽくなったその取っ手には、鎖も紐《ひも》もついていない。

牧野は俺と手を繋いだまま、じっと扉を見つめている。俺はしっかり牧野の手を握りながら、彼女が決心するのを待った。

やがて牧野が腰を落とし、左手を伸ばして取っ手をつまんだ。

「……反対側、手伝ってもらっていいかな」

「ああ、タイミングは任せる」

空いた方の手で、俺も取っ手をつまむ。ざらりとしているかと思ったら、不気味なほどに滑らかな手触りだった。

「……じゃ、開けるね」

牧野が俺を見る。俺は頷き、取っ手を持つ指に力を込めた。

扉は、音もなく開いた。

中には、膝くらいの高さの木製の台座があり、その上に石像が載っている。体は寝そべった牛で、頭は人の顔――少し青みがかった石で作られたその像は、牧野が俺に語った、「くだん像」とまったく同じ特徴を持っていた。

くだん像の顔は、俺が想像していたよりもずっと穏やかなものだった。柔らかく閉じられた目に、丸みを帯びた鼻。そして、微笑をたたえる小さな唇。その表情は静かに眠る赤ん坊によく似ていた。

そして、その顔には人間にはない「モノ」があった。

こめかみの辺りから伸びた、子供の小指ほどの、黒光りする角。そこだけ別の素材で作られたその角が、見る者に畏怖の感情を芽生えさせる役割を果たしていた。

ただし、角が生えているのは頭の右側のみだ。左側は、角の痕跡を示す黒い円があるだけだった。

「……昔のままか？」

尋ねて、隣を窺う。牧野は石像から目を離さずに、小さく頷いた。

「八年前と何も変わってないよ。この、角が折れたところも……」

「折れたって感じじゃないけどな」と俺は言った。断面は滑らかで、とても力任せに折ったようには見えない。熟した果実が自然に落下するように、「ぽろりと取れた」という方が正しい気がする。

「どっちにしても、私が壊したのは事実だから……」

牧野はそっと俺の手をほどくと、祠から少し離れて周囲を見回した。

「……ああ、たぶんあれかな」

そう言って、雑草を踏みながら森の方に近づいていく。

牧野が足を止めたのは、見える範囲で一番太く、立派な杉の前だった。

「この辺にね、埋めたんだ」牧野が根元にしゃがみ込む。「うわ、埋めるのに使った石がまだ残ってる」

牧野は先の尖った石を握ると、それで地面を掘り始めた。

「……手伝おうか」

「ううん、いい。そんなに深くは埋めなかったから。……ほら」

掘り起こしたところに牧野が指を伸ばす。人差し指と親指でつまみ上げた黒い角を、牧野は手のひらに載せた。

「よかった。そのまんまだ」

角に付いた土を払い、牧野は腰を上げた。牧野と共に、祠へと戻る。

「どうするんだ、それ」と俺は尋ねた。

「元通りにしてみようと思って」

そう言って、牧野がジーンズのポケットから瞬間接着剤を取り出した。

掘り出した角をくだん像のこめかみに当て、ぴたりとくる角度を確認してから、「いけそう」と牧野は言った。

「分担した方がいいな。俺が接着剤を塗るから、牧野は角をくっつけてくれ」

「……そうだね。そうしようか」

新品の瞬間接着剤を受け取る。ゼリータイプで、木材や石材にも使えるものだ。

「くっつくまで一分くらいかかるみたいだな。すぐに乾くわけじゃないから、慌てる必要はない。ゆっくり、落ち着いてやろう」

「うん。落ち着いて、だね」

ひどく罰当たりなことをしているという自覚はあった。しかし、牧野は自分のミスを挽回《ばんかい》するために行動している。これで罰が当たるなら、もはや神なんてものは存在すべきではない――俺はそんな気持ちで、角があるべき場所に、透明な化学物質をぐりぐりと塗りたくった。

深呼吸して、牧野がそこに慎重に角を押し付ける。聞こえるはずもないのに、「ぴたり」という音が聞こえた気がした。

貼り付けた角を、牧野が指で支えている。力が入りすぎているのか、指先が白くなっていた。少しでもずれたら、そのまま角が飛んでいきそうな危うさがある。

俺は「あと少しだ」と声を掛け、牧野の肘《ひじ》を支えた。

「……ありがとう」と、牧野が微笑んだ。

「秒数、数えるか」

俺の提案に、牧野が「いいね」と頷く。

「じゃあ、一分な」と言って、俺は一から順にカウントを始めた。

「五……六……」

森の中の開けた空間に、俺たちの声だけが響く。

「十八、十九……」

ぽたりと、冷たいものが首筋に落ちてきた。雨だ。

「三十二、三十三……」

今度は二滴、続けざまに背中に大粒の雨が当たる。

「四十七、四十八……」

周囲の雑草に雨が落ち、さざめきのような音が聞こえ始めた。

「五十八、五十九、ろくじゅ……う……っと。もういいんじゃないか」

「うん。どうかな……」

慎重に牧野が指を離す。角は間違いなくこめかみにくっついていた。

「大丈夫そうだな。っと、こっちは大丈夫じゃないな」

小豆くらいはありそうな雨粒が次から次へと落ちてくる。まるで、蛇口を全開にしたシャワーだ。俺も牧野も、あっという間に全身がびしょ濡れになる。

「急いで帰ろう」

「最後に、一応」

牧野がくだん像に向かって手を合わせる。俺もそれに倣い、合掌して目を閉じた。

豪雨の中でそうしていると、牧野と一緒に滝行《たきぎょう》を受けているような気分になった。

扉を丁寧に閉め、俺たちはダッシュでその場を離れた。

森の中に再び踏み入る前に、俺は祠の方を振り返った。

だが、激しい雨のカーテンに遮られ、祠は完全に見えなくなってしまっていた。

森の中はひどく薄暗かった。地面は流れていく雨でぬかるんでおり、俺たちは足元を確認しながら慎重に進まなければならなかった。

雨は降り止むどころか、ますますその勢いを強めていた。結局、森を出る頃には、下着も靴も完全に水浸しになってしまった。

帰ってきた俺たちを見て、牧野の母親は目を丸くした。すぐに着替えるように言われ、牧野、俺の順で風呂に入った。

風呂から出ると、時刻は午後四時を少し回ったところだった。俺が荷物を置かせてもらっていた二十畳の大広間では、牧野の親戚たちが早くも宴会を始めていた。なぜか、彼らの中に見覚えのある人物が何人かいた。

俺がその違和感について考える間もなく、「佑那の彼氏さんが来たんやったら、そりゃ盛大にもてなさんとあかんやろ」と、この家の主である牧野の伯父《おじ》は言い、なし崩し的に俺たちもその宴会に加わることとなった。

俺は牧野の親戚たちに囲まれ、質問攻めに遭った。牧野は少し離れたところから、笑顔で俺の狼狽ぶりを観賞していた。

宴会が始まって二時間ほどが経った頃だった。さすがにそろそろ帰らないと東京に戻れなくなる、と俺がやきもきしていると、酒の肴を作り続けていた牧野の伯母が広間に入ってきた。

「今、町役場から放送が入ったわ。下の道、岩が落ちてきて通れんくなったって」

あらー、と十数名の親族たちから声が上がる。だが、「まあ、布団は足りるやろ」と言って、彼らはすぐにまた酒を飲み始めた。

呆然としている俺のところに、こそっと牧野が寄ってきた。

「……北原くん。どうする？」

「他に山を下りるルートはないのか？」と俺は尋ねた。

「車が通れる道は一本だけなの。山の中を抜けていくことは不可能じゃないけど、何時間も掛かるし、大雨で土砂崩れの危険もあるから……」

外では、ひたすら豪雨が降り続いている。雨の密室、という言葉が俺の頭の中に浮かんできた。

「泊まれる……のかな。なんなら、車の中で寝るけど」

「そんなことしなくていいよ。お布団はいっぱいあるから、北原くん一人くらいなら余裕だよ。……でも、北原くんのおうちの方は大丈夫？」

「ウチの両親は帰省中で、帰ってくるのは明後日なんだ。明日中に帰れば問題ない」

「よかった。じゃあ、ぜひ泊まっていって。みんな喜ぶよ」

牧野の親族にまたあれこれ訊かれると思うと、憂鬱な気分になる。しかし、他に選択肢はない。「……分かった」と俺は仕方なく頷いた。

2980——【2017・8・16（水）】

翌朝。俺はキジバトの鳴き声で目を覚ました。

まだ薄暗い大広間では、牧野の親族の男性たちがいびきをかきながら眠り込んでいる。昨夜はなんだかんだで、彼らは日付が変わる頃まで酒を飲んでいた。牧野の家系は、酒に強い人たちが揃っているようだ。大広間にはまだアルコールの匂いが残っている。

雨戸の隙間から、白い光が漏れていた。屋根を叩く雨音も聞こえない。どうやら雨は止んだらしい。

携帯電話で時刻を確認すると、午前六時半だった。

他の人の布団を踏まないように大広間を出る。板張りの廊下はひんやりとしている。澄んだ空気の中に、木の香りと雨上がりの地面の匂いが漂っていて、不思議と懐かしい気分になった。

足音を殺して廊下を歩いていると、台所から女性の話し声が聞こえてきた。女性陣は早起きして朝食の準備をしているようだ。

顔を出して、泊めてもらったお礼を言おうかと思ったが、寝癖がひどい。髪を直すために、俺は洗面所に向かった。

洗面所には先客がいた。

前屈みで顔を洗っている後ろ姿に、頭より心臓が先に反応する。——牧野だ。

「おはよう」

声を掛けると、牧野が顔を上げた。鏡に映る彼女の顔つきは険しい。眉をひそめ、俺をじっと見ている。会いたくない人に会ってしまった——そんな心の声が聞こえた気がした。

「……おはよう。体、大丈夫？」

「え？　あ、ああ。ちょっと筋肉痛だけど、風邪は引いてないっぽい。牧野は？」

「私も大丈夫」

タオルで顔を拭い、洗面台を離れて牧野が近づいてくる。

正面から向き合っても、思い詰めたような表情が笑顔に変わることはない。「どうかしたのか？」と俺は尋ねた。

「……また、見ちゃったの」

牧野は目を伏せ、物憂げに首を横に振った。

「……予知夢か」

「……そう。角を直したけど、くだん様は許してくれなかったみたい」

「ったく……、マジでけち臭い野郎だな。あれだけ苦労して直しに行ったのに」

「ごめんね、変なことに付き合わせて」

「いや、いいよ。気にするなよ。雨も上がったみたいだし、今日にはたぶん、東京に帰れるだろ。いいリフレッシュになったよ。たまには、こういう空気が澄んだところに来るのも悪くないよな」

「うん……ありがとう」

牧野がもう一歩、俺の方に足を踏み出した。手を伸ばせば抱き寄せられそうな距離に、にわかに緊張感が高まる。

「あの、北原くん……。目をつむってもらっていいかな」

「えっ？　なんで」

「そういう予知だから……。目を閉じて、奥歯をしっかり嚙み締めて」

牧野の瞳は真剣だった。俺は唾を飲み込み、指示通りにまぶたを閉じた。自然と、両方の拳を握り締めてしまう。傍から見たらかなり間抜けな姿だろう。

「……言われた通りにしたぞ」

「喋らないで。じっとしてて」

何も見えなかったが、空気の流れで、牧野が俺の方にさらに近寄ったのが分かった。顔を洗う前に歯を磨いたのだろう。爽やかなミントの香りがする。

ひょっとして、これは——。

脳裏をよぎった光景に、俺は反射的に唇に意識を集中させていた。

「ごめんね」

牧野の囁き声が聞こえた次の瞬間、鋭い音と共に左頬に鋭い痛みが走った。

「……え」

突然の痛みに驚き、体のバランスがおかしくなる。倒れそうになり、俺はかろうじてタオル掛けを摑んで踏みとどまった。

じんじんと頬が熱を放っている。触れるとひりひりする。

鏡を見ると、頬に指の痕が赤く刻まれていた。牧野にビンタされたのだ、と俺はそこでようやく状況を理解した。

「どういう……」

詰め寄ろうとしたが、牧野が目を潤ませているのを見て俺は動きを止めた。

「本当にごめんなさい……でも、こういう夢を見ちゃったから……」

「不意打ちで俺に平手打ちを喰らわすシーンをか？　なら、先にそう言えよ！」

理不尽な痛みに、つい声が大きくなる。牧野はうつむき、消え入りそうな声でもう一度、「ごめん」と言った。

牧野に怒りをぶつけても仕方ない。彼女はただ、夢の通りに行動しているだけだ。頭では分かっていたが、俺はどうしても苛立ちを抑えきれなかった。

「もういいよ、謝らなくて」

声が自然と冷淡なものになってしまう。もう会話をしない方がいいだろう。牧野を苦しめるだけだ。

俺は牧野の横を素通りし、洗面台の前に立った。

冷たい水で何度も左頰を洗ってから顔を上げると、牧野はまだそこに立っていた。鏡越しに、悲しげな目で俺を見つめている。

「……私、北原くんに迷惑を掛けてばっかりだね」

「…………」

そんなことない、と言うべきだったのかもしれない。だが、俺は無言のまま曖昧に頷くことを選んだ。口を開けば、嫌みが飛び出しそうだった。

「私がいなくなれば、予知の呪いも消えるのに……。北原くんに、嫌な思いをさせずに済むのに……」

そう呟き、牧野が足元に視線を落とす。

彼女が黙り込むと、洗面所は不自然な沈黙に満たされた。キジバトの鳴き声も、大広間のいびきも、台所で料理をする音も聞こえてこない。まるで、この空間だけが音のない異空間にワープしたような錯覚に陥る。

俺は気詰まりな空気に耐えられず、「そんなこと、できないだろ」と突き放すように言った。

「そうだよね。……ごめんね、変なこと言っちゃって」

牧野は俺が振り向く前に、洗面所を出て行った。

俺はため息をつき、もう一度顔を洗った。蛇口から流れ出る水は夏とは思えないほど冷たかったが、どれだけ頬を濡らしても痛みと熱さが消えることはなかった。

2985――【2017・8・21(月)】

夏休みも残り十日となったその日、俺は久しぶりに学校にやってきた。特別模試を受けるためだ。

試験は希望者全員を集めて物理教室で行われることになっている。俺は後ろの席に陣取りながら、他のクラスの連中が次々と登校してくるのをぼんやりと眺めていた。

午前九時。数学の試験が始まった時、教室には三十人ほどの生徒がいたが、その中に牧野の姿はなかった。

難関大学を志望している生徒向けの試験なので、全員が受けるわけではない。ただ、牧野は夏休み前に受験希望を出していた。「北原くんには勝てっこないけど、自分の実力を測るいいチャンスだと思うんだよ」と笑顔で言っていた。

数学と英語が終わり、昼休みになったところで、俺は携帯電話を開いた。やはり、牧野からのメールは届いていなかった。

お盆の一件以来、牧野からの連絡は途絶えている。俺への遠慮があるのだろう。東京から呼び寄せて山中を連れ回した挙句《あげく》に、問答無用でビンタを見舞ったのだ。俺が同じ立場でも、間違いなく連絡を自重するだろう。

ただ、俺は別に怒ってはいない。自分なりに納得して行動し、起きたことをあるがままに受け入れたつもりだ。済んだことをずっと引きずられても困る。

俺は携帯電話を持って部屋を出ると、普段とは逆に、別館から本館へとやってきた。辺りにはまるでひと気はなく、廊下は果てしない静寂で満たされていた。日々を過ごしてきた自分のホームグラウンドだというのに、全人類が滅びたあとの世界に迷い込んだ気分になる。

くだらない妄想を振り払い、俺は二年四組の自分の席に座った。

冷房がついていないので、じっとしているだけで汗が噴き出てくる。ぐずぐずしていると汗まみれになってしまう。俺は携帯電話を取り出し、迷いを覚える前に牧野に電話をかけた。

誰もいない蒸し暑い教室で、しばらく携帯電話を耳に当てていたが、牧野が電話に出ることはなかった。

俺は嘆息して席を立ち、四組の教室を出た。

昼時だし、食事をしていて着信に気づかなかったのだろう。あるいは、夏風邪でも引いて寝込んでいるのか。いろいろと可能性を考えてみたが、情報もなしに答えを出せるはずがない。別館に続く渡り廊下の途中で足を止め、俺は再び携帯電話を手に取った。

〈電話したけど繋がらなかったから、メールにする。学校に来てないけど、体調でも崩したのか？〉

短い文章を打ち込み、メールを送信する。

携帯電話をポケットに仕舞ったところで、「おーい」と別館の方から高谷が駆け寄ってきた。「どうしたんだよ、こんなところで。なにしに本館に行ってたんだよ」

「気分転換だよ」と俺は嘘をついた。

「ははあ」と高谷が嬉しそうに顎《あご》をさする。「さては午後の化学の試験を前に、かなりナーバスになってるな。」また俺に負けるのを相当恐れていると見た」

「だから、前から何度も言ってるだろ。一つ一つの試験の結果は気にしてないって。お前に勝とうが負けようが、そんなことはどうでもいいんだって。

「またまたそんな強がりを。こんな時くらいは素直になれよ。なんなら、ここで泣いてもいいんだぞ。俺が受け止めてやるよ。しっかり慰めてみせるぜ」

「は？」と俺は首をかしげた。高谷は普段から訳の分からないことを口走りがちだが、今の言葉の意味は完全に理解不能だった。「何言ってるんだ？　なんでお前に慰められなきゃいけないんだよ」

「え、あ、もしかして……知らなかったのか」高谷が慌てた様子で口に手を当てる。「すまん、何でもない。忘れてくれ」

「おいおい、無理を言うなよ」と俺は苦笑した。「中途半端にされると余計に気になるだろうが。ちゃんと説明しろよ」

「……いや、プライバシーに関わることだし、俺の見間違いという可能性も皆無ではないし……ううむ」

　高谷がこんな風に言葉を濁すところを見るのは初めてだった。一瞬、踏み込むことに躊躇《ちゅうちょ》を覚えたが、勢いに任せて「いいから喋れって！」と先を促した。

「いやな、昨日、妹と一緒に出かけたんだ。ご当地キャラが集まるイベントがあるとかなんとかで……」

　高谷が行き先として挙げたのは、俺と牧野が二度足を運んだ、あのショッピングモールの名だった。

「それで、イベントが終わって帰る途中で、見たんだよ……牧野佑那が、三年の村岡と一緒に歩いているところを」

「牧野が……？」

「あくまで、そう見えたってだけだぞ」と念押しをしてから、「それで、俺はてっきり、お前と牧野がもう別れたのかと思ったんだ」と続けた。

　——牧野が、村岡と、二人で？

　普通の彼氏なら、「それは見間違いだ！」と指摘する場面なのだろう。だが、俺は「ありうる」と思ってしまった。

　牧野は、くだんの呪いで人が死ぬことを恐れている。だから、夢で見たことに忠実に行動する。その内容が、もし俺以外の人間とのデートだったとしても、おそらく牧野はそれを実行するだろう。これまでの経験から、俺はそう確信していた。

牧野は見てしまったのかもしれない。村岡と二人で出掛ける夢を。

だとすれば、俺は……。

こめかみから顎に掛けて、ひとしずくの汗が流れ落ちた。

「……おい、大丈夫か？」

高谷が太い眉を心配そうにひそめている。

俺は手の甲で汗を拭い、「大丈夫だよ。お望み通り、化学でこてんぱんにしてやるよ」と言って歩き出した。

「あ、ああ。負けないからな」

高谷は教室に戻っても、牧野のことを口にしようとはしなかった。その中途半端な気遣いがムカついて仕方がなかった。

高いところから、ふっと飛び降りたような感覚があった。

つかの間の浮遊感が、読経《どきょう》の声で掻き消される。

はっと目を見開くと、俺は座敷の隅にいた。

周囲には、喪服を着た人々の姿があった。むっとした空気。畳と線香の匂い。あの夢だ、と俺はすぐに気づいた。前に見た、牧野の葬式の夢だ。

斜め前方に、見覚えのある顔が並んでいる。お盆に顔を合わせた、牧野の親戚たちだった。ああ、そういうことかと納得する。夢で見た顔だから、初対面なのに見覚えがあったのだ。

だが、俺はすぐに奇妙な点に気づく。——考え方が逆だ。

俺はなぜ、会ったこともない人間の顔を夢で見ることができたんだ？

その疑問を抱えたまま、俺は周囲を見回した。草間志桜里や、牧野と親しかった女子たちがいる。これも、前と同じだ。

俺はそこで、参列者の中に村岡の顔を見つけた。白いハンカチを目に当て、誰よりも大きな音を立てて洟《はな》をすすっている。

牧野の親族と同じだと思った。最初の夢にも、やつの姿はあった。だから、物理教室で因《いん》縁《ねん》を付けられた時に、知っている顔だと感じたのだ。

やっぱり変だ、と俺は焦る。これじゃまるで……。

俺が一人慌てている間に読経が終わり、前と同じように焼香が始まる。

その時、俺は祭壇の手前に置かれた、白い布に包まれた箱に気づいた。ちょうど、人が一人入れるくらいの大きさ……明らかに棺だ。

　葬儀がこのまま進めば、牧野の遺体と対面することになりかねない。最後のお別れで、籠《かご》から取った花を顔の周りに振り撒く作業を手伝うことになるかもしれない。そんなことはごめんだった。

　俺は正座をしたまま、拳を膝の上で固く握り、ぎゅっと目を閉じた。

　焼香は続いている。苦いような、甘いような、奇妙な匂いも漂ってくる。灰の詰まった容器で燃やしている木片の煙だ。

　すべてを無視して、俺はひたすら念じ続けた。目が覚めろ、目が覚めろと、心の中で繰り返す。

　どのくらいそうしていただろうか。

　誰かが俺のすぐそばに立った気配があった。

　俺は目を開け、顔を上げた。こちらを見下ろしていたのは村岡だった。

「おい……北原。お前の番だぞ」

　目を真っ赤にしながら、村岡が言う。

　俺が口を開こうとした時、ふっと視界が黒く塗り潰され――。

　ぷちんと音を立てて、世界が切り替わった。

　見慣れた顔が、俺を見下ろしている。

目の前に立っているのは、村岡ではなく母だった。

「……大丈夫？　うなされてたけど」

「ああ、うん……」

俺は髪を掻きながら体を起こした。そこは自宅のリビングだった。

時刻は午後七時になろうとしている。模試を終えて帰宅し、ちょっとソファーで横になるつもりが、そのままうっかり二時間ほど眠ってしまったらしかった。

「ご飯できてるけど、すぐに食べられる？」

「あ、いや、三十分くらいしてからでいいや」

俺はそう言ってソファーに座り直した。

そこで俺は赤い光の点滅に気づく。ソファーの座面に置きっぱなしにしていた俺の携帯電話が、ちかちかと光っていた。

手を伸ばし、携帯電話を拾い上げる。牧野からメールが届いていた。

〈ごめん、返信が遅れて。昨日の朝から熱があって、ずっと寝込んでたの。油断してたから、風邪を引いちゃったみたい。もう一日横になったら、治ると思う〉

メールにはそう書かれていた。

〈お大事に〉の一言だけのメールを返信し、俺はソファーの背もたれに体を預けた。

「昨日の朝から……か」

高谷の目撃情報と、牧野の説明は矛盾している。

やはりあれは高谷の早とちりだったのか。それとも、牧野が俺に嘘をついているのか。そのどちらかだ。

模試で頭を使いすぎたせいか、とにかく体がだるかった。自分から積極的に何かをしようという気力は、俺の中には残ってはいなかった。

俺は携帯電話を放り出し、再びソファーに横になった。

2995――【2017・8・31(木)】

夏休み最後の夜。おそらくはクラスメイトの何割かが宿題と格闘している中、俺は自室で一人、パソコンのモニターを眺めていた。

画面には、もう何十回と見返したプログラムが表示されている。ネットにあったものを参考に、ひと月近くを費やして俺なりに改良を加えたものだ。

参加予定のコンテストの締め切りまで、あと一カ月半。残された時間はぐいぐいと減っているのに、プログラムのクオリティは停滞したままだった。

画像の中にいる人の数を正しく、早く数える。コンテストの課題の基本となる処理は、問題なくこなすことができている。しかし、まだまだ満足のいくレベルではない。ベースとなるプログラムの正答率が九〇パーセントであるのに対し、俺が手を加えたものの正答率は九一パーセントと、ごくわずかしか精度が上がっていない。一人しか写っていない画像ならほぼ確実に検出できるが、複数人、しかも顔の一部に手や髪が被っているケースでは、正答率はぐんと下がる。判別の難しい処理をどうこなすかがこの課題のキモであり、プログラマーの腕の見せどころでもある。

達成すべき目標は明確だが、そこに向かう歩みは極めて遅い。小手先の工夫では、もうほとんど改善効果が出なくなっているからだ。

大きく品質を上げるためには、今まで組み上げたものを壊し、違う理論に基づいて作り直す必要がある。そのことにはかなり前から気づいていたが、どう手を打てばいいのかが分からない。明らかに俺の知識不足だった。

一人でやるのが自分には合っているとは思うが、そのポリシーを覆《くつがえ》す時が来たのかもしれない。専門家の知り合いがいれば……いや、そこまでいかなくても、同じ話題を共有できる仲間がいるだけでもずいぶん違うだろう。互いに切磋琢磨し、共に課題解決に挑むことで、飛躍的にレベルが向上するということもありうる。だが、残念ながらそんな知人はどこにもいない。

俺は目頭を指先で揉み、椅子から立ち上がって伸びをした。

――いや、いないわけではない。

牧野は俺に、意味のあるコードを教えてくれた。それは、夢を現実にするためだ。彼女がまた似たような夢を見れば、俺に力を貸してくれるかもしれない――。そんなことを考えてしまう自分にうんざりする。

ここのところ、牧野からの連絡は完全に途絶えている。俺が絡む予知夢を見ていないらしい。

村岡とのデート疑惑は、まだグレーのままだ。二学期が始まれば、必然的に牧野と毎日顔を合わせることになる。村岡との関係を直接尋ねる機会もあるだろう。

時刻は午後十時を過ぎていた。モニターを見続けるのにも飽きた。プログラミング関連の本でも読むかと本棚の前に立った時、ベッドの方から振動音が聞こえてきた。俺の携帯電話に連絡を寄越す人間は一人しかいない。牧野からのメールだ。

初めの頃は毎回びくっとなっていたが、最近はもう音にも慣れた。携帯電話を手に取り、メールをチェックする。

〈今、ちょっと外に出られないかな?〉

簡潔な本文を読んだ瞬間、わさわさと黒い霧が心の中に広がっていくのを俺は感じた。「くだん」というフレーズは使われていなかったが、まず間違いなく、そっち絡みの用件だろう。こんな時間に、直接会って話さねばならないような出来事が起きたのだ。

俺はすぐさま、〈大丈夫。どこで会う?〉と返信する。

一分も経たずに返事が来た。

〈実は今、家の前にいます〉

「嘘だろ」

慌てて窓に駆け寄り、カーテンを開ける。ガラスに顔を寄せると、五月のあの夜のように、牧野は外灯の下に佇んでいた。

彼女が俺に気づき、小さく手を振る。

俺が窓枠に手を掛けると、牧野は何事かを言い、道の先を指差した。「あっちで」と言ったようだ。あの晩と同じように、近所の公園で話をするつもりらしい。

俺は素早く身支度を整え、リビングにいた両親に、「コンビニに行ってくるから」と伝えて家を出た。

家の前に牧野の姿はなかった。俺を待たずに公園に向かったようだ。俺は彼女を追って、早足で歩き出した。

脳裏には、さっき二階から目にした牧野の表情が残っていた。申し訳なさそうな、愛想笑いに近い笑み。それは、出会ってから一度も見たことのないものだった。

公園に到着する。牧野は入口のところで待っていた。彼女の胸元に、俺の贈ったネックレスは見当たらなかった。

「ごめんね、急に」

「いや、急なのはまあ、いつものことだから」

「……そうだね。ごめんね、毎回毎回」

「別に嫌みで言ったんじゃなくて……まあいいや。それより、何の話だ？」

「うん……。それほど時間はかからないと思うけど、座ろうか」

「分かった」

牧野と、公園内のベンチに並んで座る。昼間の猛暑の名残か、こんな時間でもまだ、ベンチの木の座面は生温かい。

真っ暗な公園にいるのは、俺たち二人だけだった。スポットライトのような外灯の光が、地面に俺たちの影を映し出していた。

「最近は、プログラミングの調子はどう？」

「あー、まあ、ぼちぼちかな」と俺は自分のつま先を見ながら答えた。

「コンテストで優勝できる？」

「さすがにそこまでうぬぼれてはいないな。勝ち負けじゃないよ、今回は。自分なりに納得できるレベルに到達できるか。それを重視してる」

「ふーん……。なんていうか、考え方がスマートだね。さすがは北原くん」

「みじめな結果に終わった時の予防線とも取れるけどな。……まあ、やれるだけやるよ」

「うん。頑張って」

そこであっさりと会話が途切れた。外灯から微かに聞こえていた、ジーという音がやけに大きく感じられるようになる。

こんなにも、牧野との会話はぎこちなかっただろうか。俺はこれまでのやり取りを思い出そうとしたが、まるですべてが幻想だったかのように、何も浮かんでは来なかった。

俺はため息をついた。さっさと本題に入ってしまおう。

「……ここのところは、夢は見てないみたいだな」

「え、あ、うん……」

隣を窺う。牧野はさっきまでの俺と同じように、自分の靴を見ていた。白と藍色に塗り分けられた、新しいスニーカーだった。

「なんだよ、歯切れが悪いな。くだん関係の話じゃないのか？」

「そうなんだけど、どこから話したらいいかなって……」

牧野はこちらを向こうとはしない。頑なに、整ったその横顔だけを俺に見せている。煮え切らない態度に、俺は思わず「高谷のことは知ってるよな」と口走っていた。

「え？……う、うん。化学の点数で勝負してる、北原くんのライバルでしょ」

「そいつが教えてくれたんだ。先々週の日曜日に、ショッピングモールで牧野を見掛けたって。三年の村岡と一緒にいたって言ってた」

「……そう、なんだ」

そう呟き、牧野は口を閉ざした。

否定しないのは、肯定と同じだ。俺はそのことを噛み締めながら、「風邪で寝込んでたんじゃなかったのか？」とさらに踏み込んだ問いをぶつけた。

「……ごめんなさい。なんか、言い出せなくて、つい」

「模試はサボったんだな」

「うん。村岡先輩とボウリングで遊ぶ夢を見ちゃったから……そっち優先で」

冷静になれ、と俺は自分に語り掛けた。ある程度の確率で起こると予想していたことが、現実になった。ただ、それだけのことだ。声を荒らげたり、一方的に牧野を責めたりするのは、みっともない行為だ。

「そっか。やっぱり夢は見るんだな。村岡は、よく登場するのか？」

「うん……母の実家から帰ってきたあとくらいからかな。図書館で先輩に会ったのがきっかけだったのかも。前はガツガツしてて怖かったんだけど、その時は違ったの。表情が、なんていうか、柔らかくなってた」

村岡は俺のアドバイスを参考に、牧野への接し方を変えたのかもしれない。そう思ったが、口にはしなかった。

「……一緒にいて、嫌じゃないか？」

「村岡先輩と？　うん、大丈夫だと思う。優しいし、こっちを気遣ってくれるから」

「もう付き合ってるのか」

「ううん、まだだけど……その夢を見る日は近い気がする」

そう答えた牧野の口元には、幸せそうな笑みが浮かんでいた。

牧野が俺に何を伝えたいのかはもう分かっていた。彼女にとっては、かなり言いにくいことだろう。なら、ぐずぐずせずに俺から切り出すべきだ。

「……順調にいってるんなら、俺たちの関係はリセットした方がいいよな」と俺はベンチに背中を預けた。「そのことを言いに来たんだろ？」

「……ごめんね、迷惑ばっかり掛けて」

牧野の声には、わずかに涙の気配が感じられた。

「謝る必要はないって。二股なんて噂が立つと、お互いに学校で息苦しい思いをすることになるしな。ちゃんと清算した方がいい」

「……北原くん」

俺はベンチから立ち上がり、牧野に背を向けたまま、「じゃあ、俺たちは別れたってことにしようか」と言った。

「ごめん。本当に……ごめんなさい」

「いいよ。気にするなよ」俺はポケットに手を突っ込み、真っ暗な空を見上げた。「振り回されてばっかりだったけど、割と楽しかった気もするし」

「ホント？　よかった、そう言ってもらえて……。――あ、そうだ、これ」

振り返ると、彼女は細長い箱を差し出していた。

「誕生日に買ってもらったネックレス、返すね。手元に置いておきたいけど……」

「無理だよな。村岡が見たら、嫌な思いをするだろうしな」

笑おうとしたが、頬が引きつってうまくいかなかった。俺は「じゃあ、回収な」と言って、硬質紙でできた、真っ黒な箱を受け取った。

牧野が俺を見ていた。まっすぐに、その大きな瞳で。

彼女は泣いてはいなかった。満足そうな微笑みを浮かべ、ただ、じっと俺の顔を見つめていた。

「……なんか、顔についてるか？」

「ううん。……いろんなことを、思い出してた」

牧野が右手をゆっくりと差し出した。

「なんか、懐かしいな」と俺は呟き、牧野と握手を交わした。心が安らぐような、温もりに溢れた手だった。「歯医者を思い出す」

「そうだね。あの時は馴れ馴れしくしてごめんね。……今だから言うけど、あれも夢のお告げだったんだよ」

「ああ、そうだったんだな。同じクラスになるって、くだんが教えてくれたのか」

「そう。歯医者さんの待合室で、私が北原くんにそう話すシーンを見たの。ちゃんと現実になったでしょ？」

「なったな。確かに。これからも同じクラスだけど、ま、なるべく自然体でいこうぜ」

「うん。努力する」

牧野が、白い歯を見せて笑った。そこにあったのは、「はじめまして」を交わし合ったあの日と同じ、偏差値九十超えの笑顔だった。

3000――【2017・9・5（火）】

新学期が始まって、俺の学校生活は少し変化した。

朝、校門をくぐって教室に入るまでの間。授業で指名され、黒板に向かって問題を解いている時。休み時間に参考書を読んでいる時。トイレに行こうと廊下を歩いている時。あらゆる場面で、俺は同級生たちから向けられる視線を感じるようになった。

遠慮のない視線の理由は、もちろん分かっていた。俺と牧野が別れたという噂が、あっという間に広がっていったせいだ。

ただ、普段の人付き合いの悪さが幸いしてか、俺に直接破局の真相を訊こうとする人間はいなかった。だから、若干《じゃっかん》の鬱陶《うっとう》しさはあるものの、俺は普段通りに生活することはできていた。

だがしかし、世の中にはお節介を焼きたがる人間もいる。

その日の放課後も、俺はいつものように教室に一人残り、黙々と数学の問題を解いていた。

午後五時になる頃、廊下から、こちらに接近を気取られまいとするような、しかし実際のところはバレバレな足音が聞こえてきた。

「……またか」

俺はため息をつき、問題集を閉じた。

やがて、俺の予想通り、教室に草間志桜里が姿を見せた。

「や、北原くん。勉強の調子はどう？」

「おかげさまで、まさに今この瞬間、何者かの妨害によって調子が悪化したところだよ」と俺は嫌みをぶちかましてやった。

「……相変わらず機嫌が悪そうだね」と草間が憐れむように言う。

「別に」

「今日は、佑那と話した？」

「いや」と俺は首を振った。「特に用事はなかったんでね」

「用事がなくても、声を掛ければいいじゃない。付き合ってるんだから」

机に手を突き、熱っぽく語り掛けてくる草間に、俺はため息を返した。

「だからさ、何回も言わせないでくれるかな。俺と牧野はもう、そういう関係じゃない。きれいさっぱり、赤の他人になったんだよ」

俺はうんざりしながらそう説明した。草間が押し掛けてくるのは、これが三回目だ。金曜、月曜、そして今日。連日、放課後になると草間は俺のところにやってきて、牧野と話し合えと迫ってくる。そのたびに追い返す方の身になってほしいと切実に思う。

「赤の他人って……そんなの嘘だよ！」と草間が机に両手を叩きつける。

「嘘じゃないって。牧野だってそのことを認めてただろ？」

「それはそうだけど……。でも、やっぱり様子がおかしいんだって。佑那、新学期に入ってから、辛そうにしてることが増えたよ。あの子があんな思い詰めた顔してるの、見たことないし」

「思い通りにならなかった夏を悔やんでるんじゃないかな」

「また、そんな心にもないことばっかり！　北原くんはいいの？　佑那と本当に別れちゃっても」

「……しょうがないだろ。向こうがそれを望んでるんだから」

「そんなことないよ。二人は最高にお似合いだと思うんだ。詳しい事情は佑那も教えてくれないけど、ちょっとしたすれ違いがあっただけでしょ？　ちゃんと話し合えば、また元通りになれるって」

「元通り……ねえ」

むしろ、今の方が「元の状態」なのではないかと俺は感じていた。自分の時間を自分の思い通りに使える、この解放感。今まで、俺はそれを何より大切に生きてきた。牧野に振り回されていたこの何カ月かの方が異常だったのだ。

「……全然素直になってくれないね」

「そうかな。別にひねくれてるつもりはないけどな」

「あのさ、これは言わないでおこうと思ってたんだけど」

草間が睨むように眉をひそめた。

「じゃあ、言わなくていいよ」

「いや、我慢できないから言わせてもらうよ。北原くんは佑那のことが好きなんだよね？　こんなに簡単に終わっていいの？　佑那はすっごくいい子だよ。北原くんは、関係修復に必死になるのはカッコ悪いことだと思ってるのかもしれないけど、全然そんなことないよ。ここで終わったら、絶対後悔すると思う。断言するよ」

「捨てないでくれって、泣きながら土下座しろってことか？」

「やり方は自分で考えてよ！」と草間は突き放すように言った。「私が言いたいのは、『とにかく諦めんな』ってこと！」

草間は本気で俺たちのことを心配している。それは嫌というほど伝わってくるが、俺から

「くだん」の話をするわけにはいかない。

「分かったよ。話をしてみるよ」と俺は引き下がることにした。

「ホントに？　口だけじゃダメだからね。今日中に佑那と直接会うこと。約束だよ！」

草間は早口にそう言って、俺と強引に指切りをした。

「指切りげーんまん、嘘ついたら針千本飲ーます。はい、指切った」

「……小学生か」

「そう、小学生」と草間が笑う。「子供に戻った気持ちで、自分に正直になりなよ。そうすればきっと、幸せを摑めるよ。じゃあね」

草間は俺の肩を叩き、手を振りながら教室を出て行った。

一人になり、俺は再び問題集を開いた。だが、どうにも頭がうまく働かない。昨日までと同じだ。草間と話すとなぜか疲労してしまい、問題を解けなくなってしまう。

このまま学校に残っていても仕方ない。俺は帰り支度を済ませ、電気を消して教室を出た。

指切りまでしたが、草間との約束を守る気はなかった。まっすぐ家に帰るだけだ。

申し訳ない気持ちはある。それと同時に、よくもまあ、他人のことであんなに熱くなれるな、と感心する。それだけ、牧野のことを大切に思っているのだろう。

二人きりで話す機会があったら、牧野を説得してみようと俺は思った。復縁うんぬんではない。くだんのことをちゃんと草間に話すべきだと伝えたかった。

自分を縛り付ける鎖。それを親友に語ることでトラウマが解消され、「予知夢」を見なくなるのではないか——。

都合のいい仮説と言ってしまえばそれまでだが、やってみる価値はあるはずだ。草間ならきっと、突拍子もないあの話をすんなり受け止めることだろう。

午後五時半。最寄り駅の改札を出て、俺は一人、自宅への道を歩き出した。

夕方の街は、昼の時間帯の終わりを告げる黄色い光で満たされていた。日が暮れるのが早くなったな、としみじみ思う。

俺は「遠き山に日は落ちて」を口笛で吹きながら、のんびりと夕方の路地を進んでいった。住宅街の中を歩いていると、夕飯の支度をしている音や匂いが感じられる。どこからか、子供の笑い声も聞こえてくる。この雰囲気は嫌いではない。不思議と安心できる、心地よさがある。

「——北原くん」

曲を最後まで吹き終えたところで、背後から呼び止められた。

聞き慣れたその声に反応して、心臓が大きく跳ねる。

振り返ると、制服姿の牧野がそこにいた。

「……どうしたんだ、こんなところで」

「ちょっと、話したいことがあって」

「それで、駅からつけてきたのか？」

「ううん。そこに本屋さんがあるでしょ？　その中で待ってたの。北原くんが、この時間にここを通ることは分かってたから」

「……どういうことだ？　ひょっとして、また予知か？　夢を実現するために、俺の帰り道を調べて、待ち伏せてたのか」

そう尋ねると、牧野はゆっくりと首を横に振った。

「違うよ。むしろ、その逆。これは、予知にない行動。本来なら、私はまだ本屋さんで参考書を探してることになってる。北原くんが通り過ぎたことに気づくけど、すぐには声を掛けられなくて、少し遅れてあとを追うの。でも、話ができないまま終わっちゃう。事故のせいでね」

俺は頭を掻いた。牧野は何の話をしているんだ？

「……悪い。言ってることの意味が、全然分からない」

「もうすぐだよ。ほら」

牧野が俺の背後を指差した。

まっすぐ延びた路地の先に目を向ける。アスファルトが、西日を受けて輝いていた。

その時、ほんのわずかな振動を俺は感じた。

何だろう、と思ったのと、突如として巨大な闇が出現したのは、ほぼ同時だった。

自分がいる場所から、わずか五〇メートルほど離れたところの路上に、真っ黒な円が生まれていた。

少し遅れて、間近で雷が落ちたような、激しい音が響き渡る。

ぽっかりと開いた穴から、白い煙が立ち上っている。何だあれは？　レースゲームをやっていて、バグでコースが途中で消えてしまったような感覚だった。目にしている光景が現実のものかどうか判断ができない。

轟音《ごうおん》を聞きつけて、近くの店やマンションから次々に人が飛び出してくる。その様子を呆然と見つめながら、「……どうなってるんだ？」と俺は呟いた。

「路面が陥没《かんぼつ》したんだよ」と牧野が落ち着き払った様子で言う。

「陥没……？　なんで、そんな……」

「事故の原因は私も知らない。それを知る前に夢が終わるから。ただ、本来なら、北原くんは陥没事故に巻き込まれて死んじゃうはずだったんだよ。ものすごい不運だよね」

「俺が、死ぬ……？　だって、予知は牧野の空想で……」

「そうだね。不思議だよね」そう言って、牧野は俺の手を握った。「何をどこまで話すか考えたけど、ほとんど時間はないし、何も説明しないことにするね。それが一番いいと思う」

「……いや、ちゃんと説明してくれよ」

俺の請願を無視して、牧野は続ける。

「プレッシャーを掛けるつもりはないけど、自分のやりたいことを、一生懸命に頑張って。きっと、北原くんはすごい人になれると思うから」

牧野は泣いていた。

夕陽を映して淡いオレンジに輝く、美しい涙がゆっくりと頬を伝っていく。

彼女の話す内容も、泣いている理由もさっぱり理解できず、俺はただ手を握られたまま、増えていく野次馬の声を背中で聞いていた。

「……予知にはないけど、これくらいなら許されるかな。最初で最後だし」

牧野は泣きながら恥ずかしそうに笑い、俺に抱き付いてきた。

「え、おい、ちょっと」

「……ごめんね、いっぱい迷惑掛けちゃって。でも、私はとっても楽しかった。……今まで、本当にありがとう」

「なんだよそれ。どうしたんだよ」

「……私のことは、なるべく早く忘れてね。もちろん、くだんのことも。たまに、変なやつがいたなって思い出してくれるくらいで充分だから」

「……牧野？」

牧野は俺の胸に顔を埋め、心臓に息を吹き掛けるように囁いた。

「……さよなら、北原くん」

次の瞬間、俺の背中に回されていた牧野の腕から急に力が抜けた。

体重を預けるように、牧野が俺の方にもたれかかってくる。

押し倒されそうになり、俺は慌てて牧野の肩を摑んだ。

「ど……」

どうしたんだよ、と尋ねるより先に、俺の中を激しい違和感が貫いていった。

牧野は完全に脱力していた。目を閉じ、小さく開いた口から白い歯を覗かせている。

背中に手を回し、体を支えながら牧野の口元に耳を近づけた。

呼吸は完全に止まっていた。

「嘘だろ……」

動転していて、自分の携帯電話を使うという発想はなかった。俺は事故現場へと近づいていく野次馬に向かって、「救急車を呼んでくださいっ！」と叫んでいた。

辺りが騒然とする中、俺はやってきた救急車に同乗することになった。

ストレッチャーに寝かされた牧野は、青白い顔をしていた。救急救命士の手により、口元には人工呼吸器が取り付けられ、車内に設置された心電図のモニターには、素人の俺でも分かるほど、弱々しい波形が表示されていた。

病院に到着し、牧野は慌ただしく処置室へと運ばれていった。

病院関係者に、家族に連絡するように言われ、牧野のスマートフォンを渡された。ロックは掛かっておらず、簡単にアドレス帳にアクセスできた。俺自身、どういう状況なのかはまったく把握できていなかった。牧野の母親に電話を掛け、牧野が倒れたことと、運ばれた病院の名前を告げるのが精一杯だった。

連絡を終え、俺は待合室のベンチに腰を下ろした。すでに、外来の受付時間は終わっている。病院内にひと気はなく、時折看護師が忙しそうに通り過ぎていくだけだった。

牧野の母親は、連絡から二十分後に病院に姿を見せた。彼女は個人指導塾の事務員をしている。仕事を途中で抜け出してきたのだろう。

俺に気づき、牧野の母親が小走りに駆け寄ってきた。

「ああ、北原くん。ありがとう、連絡してくれて」

「あ、いえ……俺はただ、近くにいただけなので」

病院関係者に声を掛け、牧野の母親が処置室に向かう。しかし、彼女は数分で待合室に戻ってきた。

「処置が終わるまで会えないって……」

彼女はぽつりと呟き、俺の隣に腰を下ろした。

その神妙な表情には牧野と同じ雰囲気があった。困難と正面から向き合おうという、まっすぐな意志が感じられる。

牧野の母親は、胸に手を当てて何度か深呼吸をしてから、俺の方に顔を向けた。

「急に倒れたって話だけど……何があったの？」

「俺にもよく分からないんです。学校帰りにたまたま顔を合わせて、立ち話をしていたら、突然意識を失ってしまって……」

「……そうなの。ごめんなさいね、迷惑を掛けてしまって」

「……あの、佑那さんには持病があったんですか？」

「ううん。ずっと元気よ。健康診断で引っ掛かったことなんて一度もなかったわ」

「そうなんですか……。倒れる直前に、道路が陥没する事故があったんです。もしかしたら、

まったままなのだ。

俺に何ができるのだろう。目を閉じ、必死に頭を働かせる。「何か手があるはずだ」ではなく、「何か手があってくれ」と願いながら、脳細胞を焦がす覚悟で頭に血を送り込み続ける。

どのくらいそうしていただろう。俺はふと、夢の中の自分が、焼香の時に戸惑っていたことを思い出した。

順番が来て、俺は仕方なく祭壇の前に移動する。牧野の遺影をちらりと見て、机に置かれた二つの容器を見比べる。そして、なんとなくやり方を察し、器の中の木片をつまもうとする。ところが、指先にうまく力が入らず、木片を机の上にこぼしてしまう。そんな流れだったはずだ。

もし、あれが現実になるべきシーンだとしたら。本物の予知夢だったとしたら。

逆に考えるんだ、と俺は心の中で呟いた。

現実になるはずの光景を、どうやっても成り立たない光景にする。そうすれば、決まっている未来をひっくり返せるのではないか。転がり落ちるように近づいてくる悲劇を、食い止め、押し戻すことができるのではないか——。俺はそんな仮説を導き出した。

馬鹿げている。どうかしている。

そう思いながらも、俺はベンチから立ち上がっていた。

「すみません、ちょっと手洗いに」

俺は牧野の母親にそう告げて、男子トイレに向かった。

洗面台の前に立つ。鏡の中の俺は、血走った目をしていた。やばいな、と自分でも思う。子供が見たら、泣いて逃げ出しかねない顔つきになっている。

倒れた時、牧野の呼吸は完全に止まっていた。迷っている時間はないと、予知を信じる〇・一パーセントの俺が言う。

俺は右手を見た。焼香の時、木片をつまんだのは、右手の親指と人差し指だった。

「……人差し指だな」

鏡に向かって俺は呟く。早くやれ、と声が聞こえた気がした。

死ぬほど痛いんだろうな、と俺は思った。涙は間違いなく出るだろう。脂汗もだ。口の端からよだれが流れ落ちるかもしれないし、その場に倒れ込んで胃の中身を全部吐いてしまうかもしれない。あまりの激痛に、パソコンの強制シャットダウンのように、意識を失って気絶する可能性だってある。

だが、どれほど痛くとも、そのまま死んでしまうことはない。ましてやここは病院だ。すぐに処置してもらえば、どうということはないはずだ。

俺は右手をまっすぐ頭上に向け、人差し指を立てた。「俺が一番だ」とでも主張しているようなポーズになる。

常識人である九九・九パーセントの俺が、「何をしているんだ！」と叫んでいる。圧倒的多数派であるはずのその声は、予知の存在を確信する〇・一パーセントの俺の、「ぐずぐずするな」という声にあっさりと掻き消された。

顎が痛くなるくらい、奥歯を強く噛み締める。

俺は鼻から息を吸い込み、思いっきり右手を振り下ろした。

衝撃と共に徒競走のスタートの号砲に似た音が響き渡り、洗面台の縁に人差し指が弾き飛ばされた。

「……っくぅ」

俺はうめき声を漏らし、その場にしゃがみ込んだ。

目の前が暗くなり、涙が勝手に溢れてくる。

まぶたを開いて、指を見る。叩きつけた箇所が赤くなっている。

思っていたよりも遥かに痛みは強かった。今までの人生で味わった痛みのうち、最も強烈だと断言できる。人間に痛覚というものが備わっていることを呪いたくなるくらい痛い。

だけど、これじゃあまだ不十分だ。指は動く。

俺は膝に力を入れて立ち上がり、再び奥歯を噛み締めて、もう一度右手の人差し指を洗面台に叩きつけた。

「う……ぐ……」

二回目は、一回目の十倍痛かった。目を閉じると、ちかちかと瞬く光点が見えた。マンガによくある、ぶつかった時に飛び出す星。あれは正しい表現だったんだなと気づかされる。

ぶつけたところの皮膚の色は、赤から紫に変わりつつあった。ストローで空気を吹き込むような勢いで指が腫《は》れていっている。

指を曲げようとすると激痛が走る。あまりの痛みに、指だけでなく、手首から先が震え出す。

涙で視界が滲む。呼吸が荒くなる。

まだだ、と頭の中で声が響く。俺は手摺りを摑んで立ち上がった。一度やると決めたのなら、徹底的にやらなきゃ意味がない。

みたび、俺は右腕を振り上げた。

気力を振り絞り、躊躇を覚える前に、洗面台を真っ二つにするつもりで指先を打ち下ろした。

「つあああーっ!!」

とうとう我慢できず、俺は叫び声を上げた。

目がかすみ、強烈な吐き気に襲われる。

俺は床に膝をつき、左手で額を思いっきり摑んだ。どこかに別の刺激を与えておかないと、本当に意識を失ってしまいそうだった。

呼吸がなんとか落ち着くのを待って、俺は右手の人差し指を見た。

第二関節から先が、親指側にわずかに傾いている。それは明らかに、人間の関節の限界を超えた形状だった。これで、もう夢で見た焼香のシーンを再現することはできなくなった。

手摺りを支えにして、俺はゆっくりと腰を上げた。

やるべきことをやったのだ、という確信があった。地獄のような痛みによろめきながらも、俺は満足感と共にトイレをあとにした。

待合室に戻ろうと廊下を歩いていると、牧野の母親が看護師と共に歩いてくるのが見えた。若い女性看護師の頰は涙で濡れていて、足元もふらついているように見えた。一方、後ろにいる牧野の母親は落ち着いた表情をしている。固く唇を結び、前を見据えて毅然と歩いている。

俺が立ち止まると、二人も足を止めた。

「北原くん……」

牧野の母親がそっと呟く。焦点の合わない眼差しを向けられて初めて、俺は彼女の表情の意味に気づいた。落ち着いているのではない。あらゆる感情が消失し、空っぽになってしまっているだけなのだ。

「よかったら、北原くんも……佑那に会ってくれる?」

牧野の母親が、夢でも見ているかのように、呆然と言う。

安心していい一言のはずなのに、なぜか俺の鼓動は速くなっていた。

理解が追い付かない。右手の激烈な痛みが遠ざかっていく。九九・九パーセントの俺も、〇・一パーセントの俺も、同じように困惑していた。

「……大丈夫。顔はすごく綺麗なままらしいから」

そう漏らした瞬間、牧野の母親の目から、大粒の涙がこぼれ落ちた。

「……えっ?」

牧野の母親は廊下の先を見据えながら、静かにこう続けた。

「ついさっき、佑那が息を引き取ったって……」

第四章　決　心

3000+0――【2017・10・5(木)】

牧野が死んでからちょうどひと月が経ったその日、俺の右手の人差し指を固定していたギプスが外された。

俺は会計を済ませて病院をあとにした。

歩きながら、右手を動かしてみる。拳を握ろうとしても、人差し指だけが浮いてしまう。かけっこで一人だけ遅れる足の遅い生徒のようだ。

折れていたのは、中節骨と呼ばれる、第一関節と第二関節の間の骨だった。人生初の骨折だ。割と綺麗に折れていて、しっかり骨はくっついたのだが、思い通りに動かせるようになるにはあとひと月は掛かると医者は言っていた。こまめに手を動かし、固まってしまった筋肉や腱をほぐさねばならないらしい。

人間の体は不思議だな、と思う。

折れた時の痛みは強烈で、指はひどく腫れ上がり、外から見ても組織が激しく損傷していることは明らかだった。だが、こうして一カ月という時間が経過しただけで、見た目は元通りになり、痛みも完全に消えてしまった。

治ってみると、やはりあの時の自分はどうかしていたのだと思えてくる。

指を怪我すれば、夢の光景は再現できなくなり、牧野の葬式は開かれなくなる。だから牧野は死なずに済む。そんな理屈を思いつき、さして迷うこともなく実行する。いくらパニック状態だったとはいえ、やはり常軌を逸している。脳のどこかにバグが発生していたとしか思えない。

俺のやったことは、一〇〇パーセント何の意味もない、無駄な行為だった。牧野は懸命な緊急処置の甲斐なく、一度も意識を取り戻すことなく息を引き取った。

死因はよく分からなかったようだ。臓器が壊れたわけでも、血管が破裂したわけでもない。強いて言えば、老衰に近かったらしい。命の火がふっと消えるように心臓が止まり、牧野はこの世を去ってしまった。

その後、牧野の葬儀は普通に執り行われた。会場は寺ではなく、街中にある葬儀場だったそうだ。俺は葬儀に出なかったので、草間や村岡が参列したかどうかは分からない。いずれにしても、一つだけ確かなことがある。あの夢は、予知夢などではなかったのだ。

頭の上を、数羽のカラスが鳴き声を上げながら飛び去っていく。空は奇妙な紫色をしていて、辺りはすっかり薄暗くなっている。

携帯電話を取り出してみると、午後六時を過ぎていた。会計で結構待たされたので、帰りが遅くなってしまった。

最近、一日が終わるのが本当に早くなった。朝に目が覚めて、ふと気づいたらもう夜、みたいな日が多い。張り合いがないのは、くだんに振り回されすぎたせいだろうか。牧野から突然連絡が来ることはもう二度とないのだと思うと、警戒心が薄れるというか、拍子抜けした感じがあった。

この、何かがすっぽり抜け落ちた感覚にもきっと慣れていくんだろう。指の怪我が自然に治ったように。

右手を開いたり閉じたりしながら歩いていた俺は、自宅の前に二つの人影があるのを見て足を止めた。

俺の家の前に佇んでいたのは、草間と高谷だった。

二人が同時に俺に気づき、「あっ」と声を上げた。

「遅いよ！」「遅いぞ！」

綺麗に二人の声がシンクロした。

「いや、病院に行ってたんだよ。っていうか、どうしたんだよ、こんなところで」

「北原くんが――」「お前が――」

「待ってくれ」と俺はストップを掛けた。「いっぺんに喋るのはやめてくれ。順番に頼むわ」

二人は顔を見合わせて頷き合い、「じゃあ」と言って草間が一歩前に出た。

「ここんところ、北原くんはほとんど教室にいないよね。朝もホームルームの始まる直前に来てるみたいだし、授業が終わったらすぐに帰るでしょ」

「休み時間も席にいないしな。話をしようにも、捕まらないんじゃどうしようもない。だから、家の前で待ち伏せすることにしたんだ」と高谷が補足する。「ちなみに、どこに行ってるんだ？」

「いや、別に……適当に人がいないところ。トイレの個室とか、自転車置き場とか」と俺は答えた。最近、教室にいるとどうも居心地の悪さを感じる。だから、休み時間はひと気のない場所で過ごすことにしていた。

「なんでそんなことしてるの？」と草間が真剣な面持ちで訊いてくる。

「まあ、なんていうか、俺がいると教室の雰囲気が重くなるからな」

牧野の死後、誰もが俺に同情的な視線を向けてくるようになった。その過剰な気遣いが、正直なところ鬱陶しかった。俺は牧野のクラスメイトの一人でしかなく、特別扱いされる理由はどこにもない。お願いだから普通にしていてくれ、と言いたかった。

「それは仕方ないよ。みんな心配してるんだよ、北原くんのこと」

「それで、二人で俺に会いに来たのか」

「二人っていうか、たまたまここでばったりな」と高谷が草間の方を見ながら言う。

「ずっと待ってたのか？」

「まあ、せいぜい一時間ちょっとだよな」

高谷がそう言うと、草間が「それくらいだね。北原くんの話をしてたら、割とすぐだったよ」と頷く。

二人に面識はほとんどないはずだ。今日、ここで偶然一緒になったことで打ち解けたらしい。割とお似合いの二人だよな、と俺は思った。なんというか、まとっている雰囲気が似ている。人の話を聞かずに、自分の考えを遠慮なく主張する辺りが、特に。

「待たせて悪かったな。で、何の話だ？」

「具体的に話したいことがあるわけじゃなくて」草間がちょっと眉をひそめる。「何か力になれないかなと思っただけなんだけど……」

「力に？　別に助けてもらう必要はないけど」

「馬鹿言うな」と高谷が呆れた声を出す。「まさか、自覚がないのか？　最近の北原は明らかに変だぞ」

「……そうか？」と俺は首をかしげた。「具体的には？」

「九月の実力テストだよ。あれ、学年で十位にも入らなかったんだろ？　どこからどう見ても異常事態だ」

「ああ、あれな……」俺は頭を掻いた。「指が折れてたからなあ。シャーペンは持てるけど、書くスピードが全然遅くってさ」

「マークシート式だっただろ。怪我の影響は大した問題じゃない」と高谷が首を振る。「心の方だよ、問題なのは」

「……心、ねえ」

「どうして佑那のお葬式に来なかったの？」

草間が俺をまっすぐに見つめてくる。夕闇の中で、その丸い瞳が強く輝いていた。

「単純に、そこまでの関係じゃないからだよ。あんまりぞろぞろ顔を出しても、逆に迷惑になるだろ。クラス全員が参列してたわけでもないしな」

「なんでそんな言い方するの!?　他の人がどうとか、関係ないじゃない！　佑那は北原くんに見送ってもらいたいって思ってたはずなのに……っ！」

絞り出すように言って、草間がBB弾のような大きさの涙をこぼし始める。

隣にいた高谷がてきめんにおろおろしだす。「お前、なんとかしろよ」的な視線をこちらに向けてくるが、俺にもどうしようもない。

「ゆ……佑那が倒れた時……北原くんが……そばにいたんでしょ……？」

嗚咽《おえつ》混じりに草間が言う。「ああ」と俺は頷いた。

「……ちゃんと、話、できた？」

「……いや、その時間はなかった」

「ゆびきり……したのに」と草間が唇を噛み締める。「……佑那と話してって、約束したのに」

「そうだったな。それに関しては、申し訳ないと思う」

「た、他人事みたいに言わないでよっ……！　なんでもっと、か、感情をちゃんと外に出せないの……っ！」

隣で高谷が大きく頷き、自分の目を指差しながら太い眉をしかめた。「お前も泣け」と言いたいらしい。無茶を言う。俺は俳優ではないのだ。狙って泣くことなどできるはずもない。

草間は耳を真っ赤にしながらしゃくりあげている。

俺は嗚咽に促されるように、彼女のそばに寄った。

「……草間が俺たちのことをどれだけ知っていたのか分からないけどさ。噂が出てただろ、牧野が三年の村岡とデートしてたって。あれはホントのことで、牧野は村岡と付き合うことになるだろうって言ってた。だから、夏休みの最後に、牧野と二人で話し合って決めたんだよ。俺との関係はなかったことにするって」

「そんなの嘘だよぉ！」

草間が俺の襟《えり》をつかみ、唾《つば》を飛ばしながら叫んだ。

「私、佑那のお葬式で村岡先輩と話したの。噂は本当なんですか、佑那と付き合ってるんですかって。そうしたら、先輩は『デートはしたけど、またフラれた』って答えたんだよ。『北原がいるから付き合えない』って、そう言われたって……」

「付き合えない……？」

草間の言葉に、俺は眩暈《めまい》を覚えた。

牧野は夜の公園で、俺に嘘をついた……？

もしそうだとしたら、何のためにそんなことをしたのか？

自分への問い掛けと同時に、ある考えが閃光のように脳裏を掠めた。

牧野は、永遠の別れがまもなく訪れることを知っていた。だから、浮気に近い行動を取った上で、一方的に別れを告げたのではないか。俺を呆れさせるために。俺に嫌われるために。

……いや、それはありえない。自分が死ぬ未来が分かるはずがない。

俺は首を振り、草間たちの方に向き直った。

「……確かに、俺と牧野の間には、まだ話し合うべきことがあったみたいだ。でも、俺はそれに気づいてなかったんだ。悪いな。もっと、草間のアドバイスを真面目に受け取ればよかった」

「……今更、そんなこと……」

握り締めた拳を腰の脇でわななかせながら、草間はうなだれた。ぽつり、ぽつりと涙のしずくがアスファルトに落ち、真っ黒な染みを作り出していく。

俺はため息をつき、高谷に歩み寄った。

「あとは頼む」

高谷の肩を叩き、俺は自宅の門扉を開けた。

「おい、頼むって……」

困惑する高谷と、泣き続ける草間をその場に残し、俺は玄関ドアを開けて自宅に逃げ込んだ。

靴を脱ごうとして、右手の人差し指が震えていることに俺は気づいた。

俺は左手を使って、小刻みに振動する指を押さえつけた。

3000+0・00000001——【2017・10・15(日)】

俺は、振動音で目を覚ました。

のろのろと手を伸ばし、携帯電話のアラームを止める。

画面の時刻表示は〈09：58〉だった。日付が変わる前にベッドに入ったので、十時間以上眠ったことになる。夢も見ないような深い眠りだったが、体はひどくだるかった。

携帯電話に一通のメールが届いていた。差出人を確認し、俺は嘆息した。案の定、送信者は高谷だった。

先週、どうしてもと言われてアドレスを教えて以降、一日に何度も高谷からメールが届くようになった。内容は、大学入試で出題された化学の問題だ。メールの最後には必ず、〈俺はこの問題を自力で解いた。お前もやってみろ〉と書かれている。要は、俺を挑発してやる気を出させようという魂胆らしい。

問題をひと通り読んでみる。ああしてこうして、ああすればたぶん解けるな、という解法はすぐに思い浮かぶ。しかし、本格的に問題を解く気力はない。面倒臭い、としか思えなかった。

俺は携帯電話を足元に放り投げ、枕に頭を沈めた。

もう一度眠りたいところだが、さすがに眠気は遠ざかってしまっていた。

小さく息を吐き、寝返りを打つ。

机の下のデスクトップパソコンが見える。筐体の中央で常に輝いていたパイロットランプの青い光は、今は消えている。ここしばらく、電源すら入れていない。プログラミングはもちろんのこと、インターネットで適当にニュース記事を読む気も起きない。とにかく、一日中だるくて仕方ない。

そういえば、と俺は気づく。今日は、プログラミングコンテストの締め切りだ。無理に忘れようとしていたわけでもないのに、今の今まで思い出さなかったことに驚く。

コンテストに応募するつもりはない。プログラムの改良はまるで進んでいないというか、ひと月以上も放置している。ネットで誰でも手に入るプログラムとほとんど同レベルの代物だ。提出したところで、到底世界中のライバルに勝てるはずはない。

なんで、あんなに夢中になれたんだろうな……。

プログラミングと出会ったのは、中学一年生の時だ。学校の授業でプログラミングに触れ、その魅力に取り憑かれた。俺は親に頼んでパソコンを買ってもらい、毎日のようにモニターと向き合うようになった。様々なコードを組み合わせ、世間的には何の役にも立たない、自己満足なプログラムを作る。そういう作業が楽しくて仕方なかった。

ほんの少し前まではそれが当たり前だったのに、そんな日々が存在していたことが信じられない。あれこそ夢だったのではという気さえする。

夢の世界なら、またあの楽しさを味わえるかもしれない。そう思って頭から布団をかぶった時、携帯電話に着信があった。

「……んだよ、しつこいな」

俺が返信をしなかったことに腹を立て、高谷が苦情の電話を入れてきたのだろう。適当にあしらっておこうと携帯電話を手に取ったところで、画面に見慣れない番号が出ていることに気づいた。固定電話だ。

普段なら確実に無視するはずなのに、何かの予兆に導かれるように俺は電話に出た。

「……はい」

「北原くん？」

――牧野？

聞こえてきた声に、一瞬、心臓が止まりそうになった。

わずかな間に、手に汗が滲《にじ》んでくる。俺は携帯電話を耳に強く押し当てた。

俺の動揺が収まるのを待つように少し間を空けてから、女性は言った。

「牧野佑那の母です。突然電話してごめんなさい」

「あ、ああ、どうも……」

俺は肺に溜めていた息を吐き出した。二人の声がよく似ていることに、俺は今更ながらに気づかされた。

「昨日ね、家の近くで草間志桜里ちゃんに会ったの。彼女のことは知ってるよね」

「はい。知ってます」

「志桜里ちゃんが、北原くんのことをすごく心配してるみたいでね。佑那があんなことになって、それを気に病んでるんじゃないかって」

「いえ、そんな……」と俺は首を振った。

一人娘の突然の死を告げられ、遺体と対面した時も、牧野の母親は取り乱したりはしなかった。静かに涙を流しながら、愛おしそうに牧野の手を撫でていた。

そこに立ち入ることは俺にはできなかった。まるで、見ることも触れることもできない透明な膜が二人を包んでいるようだった。

きっと、何万という数の絆の糸が二人を繋いでいたのだと思う。それがいきなり断ち切られたのだ。そのショックを想像することは、俺には絶対にできない。誰よりも深く悲しんでいるのは、彼女のはずなのだ。こうして気遣ってもらっていること自体が、申し訳なくて仕方なかった。

「こんな言い方をすると怒られるかもしれないけど……北原くんの様子がおかしいって聞いて、私、とても嬉しかったのよ」と牧野の母親は言った。「それだけ、佑那のことを考えてくれてるんだなって思って」

ベッドから立ち上がり、「……不思議なんです」と俺は言った。「佑那さんがいなくなったことは、絶対的に悲しいことだと思うんです。でも、未だに俺は、悲しいって気持ちになれないんです」

「じゃあ、どういう気持ちかな？」

「……そうですね……。ずっと手を繋いでいた相手がいなくなった……みたいな感じでしょうか。……あ、でも、そんなに頻繁に手を繋いでいたわけじゃないです。あくまで比喩として、ですから」

俺は何を喋っているのだろう。言い終えてから後悔した。頭が回っていない。

「佑那も、もったいないことをしたよね。初めて彼氏ができて、これから楽しいことがいっぱい待ってたのにね」

自分の中でもう整理ができているのだろうか。牧野の母親の声は明るかった。それこそ、生前の牧野の笑顔を思い出すほどに。

何と言っていいか分からず、俺は「すみません、なんか……心配させてしまって」と謝罪した。

「いいの。時々でいいから、佑那のことを思い出してあげて。……ああ、そうだ。肝心なことを伝え忘れるところだったわ。あのね、北原くん。今朝、佑那の部屋を整頓してたら、机の引き出しから分厚い日記帳が見つかったの」

「ああ、はい……」

六月に一緒に買ったものだろう。俺が見た夢を現実にすると言って、牧野は日記帳をねだった。その記憶は鮮明なのに、やはり現実感はなかった。

「プライバシーに関わることだし、見ようかどうか迷ったんだけど、やっぱり気になって、ちょっとだけ開いてみたの。そうしたら、最初のところに、北原くん宛てのメッセージが書いてあったのよ」

「……俺宛て、ですか？」

「そう。〈お母さんへ　北原くんが困っていたら、これを見せてください〉って」

その言葉を聞いた瞬間、強烈な悪寒が背中を駆け上がっていった。

確かに俺は、牧野に自分の夢の話をした。だが、伝えたのは日記帳の外見だけだ。最初のページに書かれたメッセージについては一言たりとも触れなかった。もちろん、牧野以外の誰かにその話をしたこともない。夢で見たのと同じ文章を、同じ場所に書くことなどできるはずがないのだ。

それにもかかわらず、牧野は俺宛てに、夢と一字一句違わぬメッセージを残した。それは偶然ではとても片付けられない、奇妙すぎる現象だった。

「嫌じゃなければ、日記を読んでみてもらえないかな。読んで楽しい気分になれるかは分からないけど、君が元気をなくしていると、佑那はきっと悲しむと思うから」

黙り込んだ俺に、牧野の母親が優しく言う。

俺は迷わず、「読ませてください」と即答した。

遠慮をしようとは思わなかった。

最後の「くだん」の言葉。たぶん、俺にはそれを受け取る義務がある。


午前十時半。家を訪ねた俺を、牧野の母親が出迎えてくれた。

「ごめんね、せっかくの日曜日に」

「いえ、こちらこそ。連絡してもらえてよかったです」

牧野の母親と会うのは、住宅街で陥没事故が起きた日以来だ。あの時と比べて、明らかに彼女は痩せた。目元や口の周りのしわが増え、頬もこけたように見える。さっきの電話では明るく振る舞っていたが、やはり無理をしていたのだろう。娘を喪《うしな》った悲しみが全身からにじみ出ている。

玄関先で長々と話し込むつもりはなかった。さっそく、家に上がらせてもらう。

　まず、リビングに通された。サイドボードの上の写真立てが、二つに増えていた。父親の隣に、牧野の遺影が飾られている。旅行先だろうか、ワンピース姿の牧野は、草原をバックに微笑んでいた。

「何か飲む？　麦茶かオレンジジュースならすぐに出せるけど」

「あ、いえ、お構いなく」

　椅子を勧められたが、俺はそれを断った。すると牧野の母親は「やっぱり、日記が気になるかしら」と微笑んだ。

「……そうですね。早く読みたいって気持ちが強いです」と俺は正直に答えた。「お母さんは、もう読まれましたか」

「ううん。最初のページだけ。『北原くんに見せて』って書いてある以上、私が先に読んでしまうのはよくない気がしてね。なんていうか、佑那の気持ちを無視するみたいでしょう。でも、もちろん内容は気になるわ。だから、北原くんに判断してもらおうと思って。君が読んで、問題なければ私も目を通させてもらうから」

「いや、そんな……」

「責任を押し付けるつもりはないの。気楽に読んでもらって、感じた通りに、遠慮なく決めてもらっていいから。ね、お願い」

そうまで言われてしまうと、断るわけにはいかなかった。俺は神妙に「分かりました」と答えた。

「ありがとう。佑那の部屋は分かるよね？　好きなだけいてもらって構わないから」

「あ、はい。お母さんはいいんですか」

「……ええ。あの子の部屋には、まだあまり入りたくないの」牧野の母親はそう呟き、「いろいろ思い出しちゃうから」と目を伏せた。

その言葉で、彼女が娘の日記の存在に気づくのに遅れた理由が分かった。

俺はそれ以上何も言わずに、会釈《えしゃく》してリビングをあとにした。

ゆっくりと階段を上がっていく。その途中で、俺は不思議な感覚に包まれた。脳が痺れているとでも言えばいいだろうか。現実と夢が混ざり合っているような、ぼんやりした感じだ。酒を飲んだことはないが、酔っ払ったらこんな風になるのかもしれない。

いつか見た夢の光景と、目の前の景色が重なり合って溶けていく。俺は自分の意思かどうか自信が持てないまま、操られるように階段を上がりきった。

部屋のドアの〈ＹＵＮＡ〉のネームプレートは、まだ外されていなかった。

深呼吸をしてから、慎重にドアを開ける。

室内の様子は、夢のそれと完全に同じだった。カーテンは引かれていて薄暗く、牧野が使っていたシャンプーの香りがする。

　正面にある勉強机には、二人で一緒に買った、あの分厚い日記帳が置いてあった。

　俺は夢の中の自分がそうしたように、先にカーテンを開けた。部屋がぱっと明るくなる。

窓の向こうには、気持ちのいい秋晴れの空が見えていた。

　机の上の日記帳を手に取り、床に座る。

　牧野の母親から聞いていたので、何が書いてあるかは分かっていた。それでも、最初のページに綴られた直筆メッセージを見た瞬間、俺は激しく動揺した。

〈お母さんへ　北原くんが困っていたら、これを見せてください〉

　文字の形と色合い、書かれている位置と、文章の配列。すべてが夢の光景と完全に一致していた。

　なぜ、牧野は俺が夢で見た文章を書くことができたのか？

　この問いは、逆に表すこともできる。

　なぜ、俺は牧野が書く文章を知ることができたのか？

　頭を悩ませたところで、答えが出ないことは分かりきっていた。

　俺はゆっくりとページをめくった。

　日記帳は、一月一日から始まっていた。見開きの両側に五年ずつ、合計十年分を記載できるようになっている。何年からでも始められるように、西暦や曜日は自分で書く形式だった。

二〇一〇年から今年までの分は埋まっている。だが、日記の記述を読むより早く、ページの間に挟まれた便箋《びんせん》が目に入った。折り畳まれた便箋の表には、牧野の字で〈北原くんへ日記解読の手引き〉と書かれていた。

読み進めるのに説明書が必要になるような、難解な日記なのだろうか？

俺は牧野の意図が読み取れないまま、二つ折りにされた数枚の便箋を開いた。


〈今は朝かな、昼かな、それとも、まさかの夜かな？　たぶん、あまり遅い時間じゃないと思うから、とりあえず、「こんにちは」から始めるね。

私はこの日記を、北原くんに見せるつもりはないんだ。

くだんの秘密を知れば、きっと北原くんは混乱すると思う。北原くんがオカルトに染まって変になっちゃうのが怖いので、警告をするよ。

読むのをやめるなら、今のうちです。次のページから、私は全部をぶっちゃけます。

……めくっちゃったんだね。

じゃあ、覚悟ができたってことでいいよね。もう遠慮はしないよ。

ちなみに、この文章は、九月五日の朝に書いてます。陥没事故が起きる日だね。君にプレゼントしてもらった……っていうか、強引に買わせたボールペンを使ってるよ。あれ、すごく書き心地がよかったよ。

私が死んで、北原くんは泣いてくれたかな？　たぶん、泣かないかな。映画を見に行った時、感動的なシーンでも君は冷静だったもんね。

君が泣くところを想像するのはとても難しい。あ、別に嫌みじゃないよ。それでこそ北原恭介、って感じがするんだ。

まあ、それはともかく、私は死んじゃったわけで、事情を説明する時間はないはずだから、いろんな疑問が残ったままになってると思う。だから、この日記にはすべてをありのままに書きます。といっても、私の意思じゃなく、最初からそうすることになってたんだけどね。日記を書くことも、くだんの呪いの一部だから。

くだんのことは、私にもよく分かってないの。感覚的に理解してるだけの部分もある……っていうか、ほとんどがそうかな。でも、くだんは間違いなく存在する。それだけは自信をもって言い切れるよ。

そろそろ本題に入ろうかな。

北原くんに嘘をついてごめんなさい。先に謝っておくね。

まず、一つ目の嘘。「予知が外れると、その原因を作った人が死んでしまう」って説明、あれは嘘なんだ。

……驚いたかな？

あと、「予知に反する行動を取らせたせいでお父さんを死なせちゃった」って言ったけど、あれもでたらめ。お父さんが事故に遭ったのは、私がくだんの呪いを受ける前。私のせいじゃないんだ（亡くなった人を嘘に巻き込むなんて罰当たりだよね。お父さん、ごめんなさい）。

実はね、予知が外れたら死んじゃうのは、相手じゃなくて私の方なの。今日までは一度も予知に反する行動を取ってないから、あくまで予想だけど、直感的にそうだと確信してるよ。

二つ目の嘘は、予知の中身だね。一日のあるシーンだけ夢に見るって説明したけど、本当は、もっと長い時間を、私は夢の中で体験してたの。

夢で見てたのは、私がくだんの石像の角を折った翌日の朝から、北原くんが陥没に巻き込まれて死んじゃう瞬間まで。合計すると、八年二カ月くらいかな？　その期間を繰り返し夢に見てたんだ。くだんの呪いを受けた日から、今日まで毎日、ね。

つまり、私の生活のすべては予知されてたってこと。わたしはずーっと夢の通りに行動してたんだよ。

不思議な感覚だったよ。その夢はものすごくリアルでね、現実と全然区別がつかないの。でも、自分の思い通りに動けるわけじゃなくて、どう動くかが体にインプットされてるんだよね。勝手に動くロボットの中に入っちゃったような感じ。

……北原くんは今、怒ってるかな。

「なんで生きてる間に本当のことを言わないんだ！」って、私に文句を言いたい気持ちになってると思う。

でも、予知にない行動は取れないから、言いたくても言えなかった。予知と違うことをしたら、その場で私が死んじゃうかもしれないし、そうなったら、北原くんを助けられないし……。

……そうなんだよね。今日なんだよね。

北原くんは今日、陥没事故で死んじゃうことになってます。これはくだんとは関係のない、北原くん自身の運命なんだと思う。

私はもう、その瞬間を数えきれないくらい、目の前で見てきた。何回体験しても、慣れるってことはなかったよ。いつもいつも、心が引き裂かれるくらい悲しかったよ。

さっき言った通り、私の予知は今日で終わってる。北原くんが穴の中に消えて、そこで目が覚めるの。

なんでその場面なんだろうって、八年と二カ月前からずっと考えてた。

それで、私なりに結論を出してみた。

くだんは、たぶんこう言いたいんだと思う。

「そいつを死なせてもいいのか？」って。

「人生を終わらせてしまってもいいのか？」って。

いいわけないよね。

私は北原くんを助けたい。心からそう思う。嘘ばっかりついてた私だけど、それだけは信じてほしいです。

私は今日、予知にはない行動を取る。そして、君が事故に巻き込まれないようにしてみせる。そのために、私は何千回も繰り返される毎日を生きてきたんだから。

君は偏屈で、理屈っぽくて、孤独が好きすぎるけど、でも、とっても魅力的な人。好きとか愛してるって言葉じゃとても表せないくらい、私にとっては大切な存在。

もっと長生きして、プログラミングでもなんでもいいけど、とにかく人類にとって大きな貢献をしてもらいたいって思う。全世界のどの人より、たくさんの幸せを手にしてほしい。

それが、私の素直な気持ち。

説明が長くなっちゃった。そろそろ終わりにします。

この日記は、私がくだんの呪いを受けてから今日までに現実の世界で起きたことを書いてます。古い日付のものは過去を振り返る形で、八月の半ばくらいからは、その日の夜に書きました。

日記の中身は普通だよ。その日の出来事や、私の感じたことをだらだらと書いただけ。まあ、読まれるのは恥ずかしいけど、私はもう死んでるし、恥ずかしいって気持ちを抱くこともないから、気にしないことにするね。

……ううん、違うかな。

これを書いてるってことは、きっと、北原くんにとってこの日記が必要だってことなんだと思う。

うん、そんな気がしてきた。

よし、決めた。堂々と許可します。信じるか信じないかは君しだい。

北原くん。私の日記、ぜーんぶ読んでいいよ！

牧野佑那〉

俺は日記解読の手引きを何度も何度も読み直した。

時間をかければ、文章の意味は分かった。だが、それをすぐに受け入れることはできなかった。

俺は便箋を元通りに折り畳み、日記帳を開いた。

遡っていくと、一番古い日付は二〇〇九年の六月二十一日で、最後の日付は、二〇一七年の九月四日になっていた。

頭の中で日数を計算してみると、九月五日を含めて二九九九日あった。

牧野の書いていることが本当なら、彼女は八年二カ月以上にも及ぶ夢を、それと同じ期間、毎日見ていたことになる。

二九九九日を、二九九九回。掛け合わせると、九百万日近くにもなる。年に直すと、およそ二万四千六百年。夢の中とはいえ、牧野は累計でそれだけの時を生きてきたことになる。

途方もない年月だ。

二九九九回の夢と、たった一回の現実。合わせて三千回、牧野は同じ人生を繰り返していた。そのすべてが、この日記帳に記されていることになる。

俺は一度日記帳を閉じ、深呼吸をしてから始まりの日のページを開いた。

【二〇〇九年六月二十一日】

〈これを書いているのは、二〇一七年の六月二十二日だ。くだんの呪いが始まってからもう八年以上経ったことになる。

始まりの日の朝、長い長い夢から目覚めた時、自分はタイムスリップしたのだと思った。東京じゃなくて兵庫のお祖母ちゃん家にいるし、私は高校生から小学生に戻っていたからだ。でも、そうじゃなかった〉

【二〇〇九年六月二十二日】

〈同じ夢をまた見たことで、これが毎晩続くんだなと私は理解した。私はこれから先、何千回も小学校を卒業し、何千回も中学の三年間を過ごし、何千回も高校に入学するのだ。そして北原くんと出会い、何千回も彼の死を見届けることになるのだ。そう悟ったことを覚えている〉


【二〇〇九年七月二十日】

〈夢の繰り返しが始まってひと月が経った。私はこの頃にはホッとしていた。同じ夢を見ることがとても幸せだったからだ。

最初から、私は北原くんのことを好きになれた。話をすることも、初めてのキスをすることも、手を繋ぐことも、水着姿を見せることも、どれも全然嫌じゃなかったし、むしろすごく楽しかった。私のことを見てほしい、知ってほしい、触れてほしいと思った。だから、何回繰り返しても大丈夫だった。何回でも繰り返したいと思った。

ただ、目覚めはいつも悲しい。北原くんが死んで夢が終わるからだ。その悲しさは、繰り返しの回数が増えるたびに強くなっていった〉

【二〇一〇年四月一日】

〈私は小学四年生になった。北原くんも同い年なのだから、今日から四年生になっているはずだ。子供の頃の彼はどんな顔で、どんな性格なのだろう。この頃の私はそんなことを想像しては、なんとかして会いに行けないかと考えていた〉


【二〇一一年八月七日】

〈五年生の夏休みのこの夜、私は近所の夏祭りに出掛け、そこで北原くんらしき少年を見掛けた。ちらりと見ただけだったけど、たぶん間違いないと思う。かき氷を持って辺りを見回している北原くんは、無邪気で子供っぽくてとっても可愛かった。

北原くんは気づかなかったと思うけど、これが現実の世界での最初の出会いになった。

本当は、彼と話をしてみたかった。でも、私はその時点ですでに何百回も同じ時間を過ごしていたので、こちらから声を掛けられないことを知っていた〉

【二〇一二年十一月十五日】

〈この日、私は同級生の男の子から、生まれて初めて告白された。

当然だけど、私はそれを断った。断るのは難しかった。「好きな人がいる」と正直に言いたかったけど、「そいつは誰なんだよ」と訊かれると困るので、曖昧にごまかすしかなかったからだ。私が北原くんと出会うのはまだまだ未来のことなのだ〉

【二〇一三年十二月二日】

〈市内の中学一年生を対象にした模試の結果が返ってきた。成績優秀者のページに北原くんの名前があるのを見て、私は思わずピンクの蛍光ペンでなぞってしまった。北原くんの存在を客観的に確かめられたことが嬉しくて仕方がなかった。

彼は私の妄想の存在なんかじゃない。

間違いなく、私のいるこの世界に生きているのだ！〉

【二〇一四年九月十九日】

〈志桜里に運命の出会いを信じるかと訊かれた。彼女は電車の中で出会ったどこかの高校生に恋をしてしまったのだ。残念ながら私は未来を見ているので、志桜里の恋が叶わないことを知っている。もし付き合っていたら、志桜里は絶対そのことを私に話したはずだ。

ちなみに、志桜里の問いには「イエス」と答えた。異質な関係を築くことになるとはいえ、北原くんは私にとっては間違いなく運命の相手だからだ〉

【二〇一六年二月二十三日】

〈明日はいよいよ高校受験の日だ。夢で見た通りの志望校にしたけど、果たして本当に北原くんはそこを受験してくれるだろうか。この日、私は不安でいっぱいだった。

私には北原くんの行動はコントロールできない。彼がハイレベルな私立を受けたりしないことを祈るしかなかった〉

【二〇一六年四月七日】

〈入学式で、北原くんを見つけることができた！　くだんの予知の正確さに、私は感動させられてしまった。呪いを掛けた相手に感謝するというのは変な話だけど、「やるじゃない」とくだんに言いたい気分だった。

ここからいよいよ私たちの関係が始まる……と言いたいところだけど、彼とのファースト・コンタクトはまだまだ先だ。

すごくもどかしいけど、仕方ないと私は割り切っていた。予知に忠実であることが、北原くんの命を救う唯一の手段なのだから〉

【二〇一六年十月八日】

〈今日は運動会があった。遠慮なく北原くんを視界に捉える大チャンスだ。北原くんとは別のチームになったけど、私は密かに彼を応援するつもりだった。

北原くんは綱引きや騎馬戦に出ていた。全然やる気がなさそうだった。私はそれを見て、いかにも北原くんらしいなと思った。たぶん、頭の中はプログラミングのことでいっぱいなのだろう〉

【二〇一七年三月二十七日】

〈私はこの日、一日中上の空だった。母や志桜里から心配されるほどぼんやりしていたようだ。

　ぼんやりの理由は明白だ。私は翌日のことばかり考えていた。北原くんと現実の世界で出会う日——私はその日を何年も待ち続けていた。緊張でおかしな風になって当然じゃないかと思う〉

【二〇一七年三月二十八日】

〈運命の日。私の人生で、たぶん三番目に大切な日。

　予知が外れたことはないし、大丈夫だと信じていたけど、本当に北原くんが歯医者さんの待合室にいるのを見た時は、やっぱり心臓が止まりそうになった。

　鬱陶しいやつだと思われるのは分かっていたのに、ついつい馴れ馴れしくなってしまった。何度も何度も繰り返してきた「はじめまして」。夢で見た通りにやったけど、ちゃんとできたかちょっと不安だ〉

【二〇一七年四月六日】

〈新学期初日。何の問題もなく、北原くんと同じクラスになれた。私がそれを予言したことを、北原くんはどう思っただろう。不審がられてなければいいんだけど。

同じクラスになったことも、くだんの呪いの一部なのだろうか。もしそうなら、くだんはどれだけ万能なんだろうと思わずにはいられない〉

【二〇一七年四月十四日】


〈放課後、教室で北原くんと話をした。勉強の邪魔をしてしまったのに、北原くんは無視せずにちゃんと相手をしてくれた（ちょっとウザそうにはしていたけど）。

北原くんと少しずつ仲良くなれている。嬉しいな、と思ったら、自然にうるうるしていた。予知にない行動なのに、危うく涙をこぼすところだった。

大事な仕事が私にはある。今後も、感情の暴発には気をつけないと〉

【二〇一七年五月十五日】


〈この日はおそらく、人生で二番目に重要な日だったのだと思う。

告白は完璧にうまくいった。彼があまりに予知通りに振る舞っていたから、これはひょっとしたら夢の中なのでは？　と逆に不安になるくらいだった。

くだんの話を、北原くんはどう受け取っただろうか。こればっかりは何千回同じことを繰り返しても分からない。

そうそう。このことを書かないわけにはいかない。

くだんの命令とはいえ、まだリアルの世界では親しくもなっていない北原くんに、不意打ちでキスをしてしまった。我ながら突拍子もない行動だと思う。くだんのやつめ……という気分だ。

ただ、夢で何度も何度も繰り返したファースト・キスだったけど、やっぱり現実の世界のそれは特別感があった。予知が正しいとすれば、これは本物の肉体で経験する、最初で最後のキスになる。そのことを私が意識しているからかもしれない。

北原くんはキスをしたことがあるのだろうか。傲慢な意見だと分かってるけど、なければいいな、と思う〉

【二〇一七年六月十六日】

〈北原くんと付き合い始めて、今日でちょうどひと月。残念ながら、北原くんはそのことに言及してくれなかった。そうなると分かっていても、ちょっと寂しい。でも、ちゃんとデートには誘ってくれた。まあ、強引に誘わせたんだけど。

今日は北原くんと夢の話ができた。プログラマーになる夢を語る時の顔は、普段より三割増しくらいでカッコよく見えた。この表情は、何千回見ても飽きることがない。いつもいつもドキドキさせられてしまう。

こういう風に胸が高鳴る時、私は本当にこの人のことが好きなんだなあ、と思う。

未来のことは分からないけど、北原くんの夢が叶うといいな〉

【二〇一七年六月十七日】

〈北原くんとの初デートのことを書く！

プレゼントを買ってもらって、映画を見て、フードコートでクレープを食べて……。二千回以上も同じことを体験していても、やっぱりめちゃくちゃ楽しい。

夜まで一緒に遊びたかったけど、くだんが許してくれないので、午後三時過ぎに解散になってしまった。ちょっとくらいサービスしてくれてもいいのに、と思う。くだんはケチだ。

でも、最後の夢を見る**九月四日**までは、夢の中でまたこの楽しさを味わえる。それに関しては、自分は幸せ者だなって思う〉

【二〇一七年七月二日】

〈図書館で北原くんにばったり会った。「ばったり」って表現は変かな。彼が来るのを知っていて、志桜里を誘って図書館に行った、と書くべきかも。

予知通り、北原くんに落書きを渡した。自然に、いかにも適当に書きましたって感じで振る舞わなきゃいけなかったけど、意識しなくても手が勝手に動いてくれた。繰り返しの成果だ。

すらすら書けるけど、未だに意味はさっぱり分からない。でも、北原くんがすごく興味を示していたので、きっとうまくいったのだと思う〉

【二〇一七年七月九日】


〈また北原くんとお出掛けした。例のごとく強引なやり方で、彼にネックレスを買わせてしまった。最終的には返さなきゃいけないのに。申し訳ないと思う。

でも、買ってくれたこと自体は死ぬほど嬉しい（縁起の悪い表現かな）。最初で最後の誕生日プレゼントだ。考えてみたら、私と北原くんの間に起きることには、この「最初で最後の」が多い。っていうか、そればっかりだ。

それから家に来てもらって、お母さんに北原くんを紹介した。彼は意外と礼儀正しい。お母さんはきっと、北原くんのことが気に入っただろう。二人を引き合わせられてよかった。私の好きな人を見てもらえてよかった。

そういえば、北原くんは少しだけ私のお父さんに似ている。ずいぶん昔のことだから、かなりおぼろげな記憶なんだけど、一緒にいて安心できるところが似ていると思う〉

【二〇一七年七月十九日】

〈学校で私たちのことが噂になったので、北原くんにお願いして、付き合っていることをオープンにした。彼には内緒だけど、噂を流したのは私自身だ。くだんがそうしろと言ったので、やむなく言う通りにした。

何度も書いているけど、北原くんが私のことをどう思っているかは分からない。好かれているという実感は、残念ながらない。嫌われて……はいないと思いたいけど、ウザがられているのは間違いない。

私が死んだら、北原くんはすぐに私を忘れるだろうか。くだんはたぶん、忘れてもらいたがっているのだと思う。必要以上に彼に接触できないのがその証拠だ。

でも、北原くんは頭がよすぎるからなぁ……。もしかしたら、いつまでも私のことを覚えているかもしれない。

いけないことなのに、そうであってほしい、と思っている自分がいる〉

【二〇一七年八月十五日】

〈日記を旅行先に持って行かなかったので、東京に帰ってきてから書いている。

お盆に北原くんと、くだんの像を直した。だけど、効果はなかった。私は今も、八年二カ月分の夢を見続けている。

期待していなかった、と言ったら嘘になる。呪いが解けて、自由に行動できるようになるかもしれないって思ってた。でも、ダメだった。

北原くんと、別れなければいけない。そのことが確定したらしい。

覚悟はしていたつもりだった。そうなるのが当たり前だって自分に言い聞かせながら同じ毎日を過ごしてきた。永い永い時間を生きてきたのだから、悟りを開いた僧侶みたいに、すべてを受け入れられるって思ってた。

私は愚かだった。

そんなの、できるわけがなかった。

悲しい。とにかく悲しい。そうとしか表現できない。どうせ、どれだけ言葉を重ねたって、この気持ちを表すことなんてできないし、悲しみが癒されるわけでもない。

私がいま言いたいのはこれだけだ。

くだんのバカヤロー！

〈思わず、感情のままに書きなぐってしまった。反省の意味を込めて、塗り潰さずにそのままにしておく〉

残りの日数が減ってきた。一日一日を、大切に心に刻んで生きていこう〉

【二〇一七年八月三十一日】

〈北原くんと別れた。

別れ話をするために、村岡先輩の名前を出した。彼には申し訳ないことをしたと思う。頼まれてデートはしたけれど、付き合うつもりは全然ない。それなのに、思わせぶりな態度を取ってしまった。この場を借りて謝っておきたい。ごめんなさい、村岡先輩。

別れることもまた、予知された出来事だ。だからといって辛くないわけがない。私はまたしても、悲しみには底がないことを思い知った。

でも、これは必要な儀式だ。「気まぐれでわがままな、面倒臭い女」だって印象付ければ、北原くんも切り替えやすいはずだ。これに関しては、しゃくだけど、くだんと私の考えは一致している〉

【二〇一七年九月四日】

〈これから、私はベッドに入って眠りにつく。呪いの夢を見るのも、今夜が最後になるだろう。何千回も同じ人生を過ごしてきたのに、つまらないとか、早く終わってくれとか思ったことは一度もなかった。全然余裕で名残惜しいと思う。あと何万回、いや、何億回繰り返したって構わない。

でも、それはたぶん無理。これがラストなのだ。

私はこれから、夢の中で二〇〇九年六月二十一日の朝に戻る。小学校に行き、中学校を卒業し、高校生になり、そして北原くんに出会う。

最後の一回を、しっかり心に焼き付けよう。

北原くんに、最後の「はじめまして」を言おう。

北原くんに、最後の「付き合ってください」を言おう。

北原くんに、さりげなく大好きを伝えよう。

北原くんと、最後のファースト・キスを交わそう。

北原くんに、プログラマーになる夢を語ってもらおう。

北原くんに、私の誕生日を祝ってもらおう。

北原くんと、手を繋ごう。

北原くんに、私の水着姿を見てもらおう。

北原くんと、お祖母ちゃん家に遊びに行こう。

北原くんと、上手にお別れしよう。

そして目を覚まして、私の人生で一番大事な、運命の日を迎えよう〉

文字が乱れていた箇所もあった。涙で文字が滲《にじ》んでいたページもあった。何度も書き直した形跡が残っていたところもあった。それでも、俺は牧野の手で綴られた文字を、必死に目で追い続けた。

そうして八年二カ月分の日記を読み終えた時、部屋は薄暗くなっていた。

日記帳を閉じ、大きく息を吐き出す。

全力で何百メートルも走ったあとのように、体がひどく疲弊していた。だが、人生で一番と断言できるくらい、脳はフル回転していた。

目を閉じると、牧野と過ごした日々の記憶が、一つの画面で複数の動画を再生するようにいくつも思い浮かんでくる。彼女の表情、声、言葉、息遣い、服装、香り……。映像だけではなく、その瞬間瞬間の五感すべてが、鮮明に蘇ってくる。

そんな不思議なエネルギーが、この日記には込められていた。
俺の目の前で、道が二つに分かれている。
一方は、日記の記述をすべて信じる道。
もう一方は、この日記を妄想の産物だと切り捨てる道。
この二つだ。
科学も論理も常識も関係ない。問われているのは、俺の信念だ。
牧野のことを信じるか、信じないか。極めて単純な二択がそこにあるだけだった。
日記を読み終えた時点で、選択は済んでいた。迷いはまるで覚えなかった。
俺はゆっくりと腰を上げ、日記帳を持って牧野の部屋を出た。
牧野の母親は、リビングのソファーに座っていた。時刻は午後五時を過ぎていた。
「すみません、遅くなりました」
「ううん。気にしないで」と彼女が微笑む。
「日記を読みました。自分が納得できるまで、ちゃんと目を通しました」
うん、と牧野の母親が頷く。彼女は優しい目で俺を見ていた。
「それで、結論は？」
俺は日記帳を持つ手に力を入れ、深々と頭を下げた。

「申し訳ないですが、読まないでほしいと思いました」

「それはどうして？」

「……この日記は、僕に向けて書かれたものだと感じたからです」

恐る恐る顔を上げると、牧野の母親は微笑んでいた。

「よかった。君がそう言ってくれたらいいなと思ってたの」

「……え？」

「……あれは、あの子が中学二年生の頃だったかな。佑那と『運命の出会い』について話したことがあるの。あの子は言っていたわ。『きっと自分は、高校で運命の人と出会う』って。そして、約束してくれたの。必ずその人を、私に紹介してくれるって。……だから、あの子の誕生日に北原くんが家に来た時に思ったの。この子が、佑那の選んだ人なんだろうって」

「牧野が、そんなことを……」

牧野の母親は立ち上がり、俺に向かって丁寧に一礼した。

「ありがとう。北原くん。佑那と出会ってくれて。あの子の気持ちをきちんと受け止めてくれて……」

予想外の言葉に、俺は激しく首を横に振った。

「お礼を言ってもらう資格なんて、俺にはありません。……俺、牧野の気持ちにちゃんと応えてなかったと思います。思ってることの一割も言えなかったですし、もっと長い時間を一緒に過ごすことだってできたはずなのに、全然彼女のことを気にしてやれなくって……」

「そんなことないわ」と牧野の母親はすぐさま言った。「君のためだけに日記を付けるくらい、佑那は北原くんからいろんな思い出をもらってたのよ。足りないなんてことはなかったはずよ。短い人生だったけど、きっとあの子は幸せだったと思う。運命の人に出会えたんだから。君に、想いを伝えられたんだから」

後悔と情けなさで、喉の奥が痛くなる。俺は歯を食いしばり、「……はい」と小さく頷いてみせた。

「その日記帳は、君にプレゼントするね」

彼女の言葉に、俺は目を見張った。

「……い、いいんですか？」

「もちろん。佑那もきっと、それを望んでると思うから」

「……分かりました。大切にします」

俺は牧野の想いが詰まった日記帳をそっと撫でた。

おそらく、俺はこの日記を何百回も読み返すことになるだろう。この一冊に、牧野のすべてが詰まっているのだから。

「今日は本当にありがとうございました。これで失礼します」

牧野の母親に見送られ、俺は牧野の家をあとにした。

自転車にまたがり、ペダルを踏み込む足に力を籠《こ》める。

プログラミングコンテストの締め切りは、協定世界時の午後九時だ。日本時間だと、明日の午前六時になる。あと半日ちょっとで、どれだけのことができるかは分からない。たぶん、悪あがきにしかならない可能性が高い。

だが、俺は決めた。目標に向かって、とにかく全力で突っ走るのだと。入賞できるかどうかなんてどうでもいい。今やれることを必死でやる。ただそれだけだ。

ついさっき生まれた、俺の人生の夢。

——もう一度、牧野と会う。

手段は選ばない。どんなことをしても、必ずそれを成し遂げてみせる。

俺はそう心に誓い、夕暮れの街を全速力で駆け抜けた。

プロローグ
3000+∞――【****・**・**(*)】

目を覚ました時、私は机に突っ伏していた。

……ここは？

頭を上げ、辺りを見回す。黒板、整然と並ぶ机、窓の外に見える街並み……。そこは、どこからどう見ても私が通っている高校の二年四組の教室だった。

教室にいるのは私一人だった。時計は正午を指している。季節は夏であるようだ。かなり蒸し暑さを感じる。

自分の体に目を向ける。白いブラウスに、チェックのスカート。高校の制服だ。

「……どうなってるの？」

なぜ自分が教室にいるのかがまったく思い出せない。

最後に目にした光景は覚えている。私は夕方の路上で北原くんを呼び止め、立ち話をしていた。自分が予知に反した行動を取っていることを説明していると、道路の陥没事故が発生した。そうだ。北原くんは、事故に巻き込まれずに済んだのだ。

私は北原くんの手を握り、それから……そう。最後だからって調子に乗って、彼に抱き付いたのだった。

北原くんの胸に顔を埋め、彼の体温と香りを記憶に刻み付けて……。

そこで、私の意識は途切れている。

何度か手を開いたり閉じたりしてから、体に触れてみる。手に伝わる感触は、間違いなく現実のそれだ。私は確かに生きている。感覚的には、そう結論付けるしかない。

こんな状況は、繰り返し見続けてきた夢の世界にはなかった。私の知らない何かが起きているらしい。

もしかして、私は死ななかったのだろうか？

希望を持ちたいところだが、それにしては状況が奇妙だ。なぜ制服姿で、教室にいるのか。そのことに説明がつかない。意識を失って倒れて、頭を強く打って記憶を失った、とかだろうか。しかし、頭に触れてみても痛くもなんともないし、傷が残っている様子もない。どうにもしっくりこない。

いずれにせよ、ここにいては何も分からない。状況を解明すべく、私は教室を出た。

廊下の色合いや壁の掲示物、ロッカーの配置など、目に映る景色におかしなところはない。

私が通っていた、あの学び舎だ。

階段のところまで来たが、人の気配は感じられない。

上に行こうか、それとも下に行こうか。迷いながら佇んでいると、視界の隅に何か動くものが見えた気がした。

慌てて窓の外に目を向ける。人影が見えたのは、別館の一階の端……物理教室だった。

「……もしかして」

私は呟いて走り出した。

渡り廊下を駆け抜け、階段を二段飛ばしで降りる。

空気を切り裂くように、黄色いリノリウムの廊下を全力で走っていく。

物理教室の前にたどり着く。

息を整え、乱れた髪を手早く直す。

私は大きく息を吸い込み、引き戸に手を掛けた。

扉を引き開けた瞬間、私は自分の予感が正しかったことを知った。

「――牧野」

窓際にいた、制服姿の男子が振り返る。

私の心臓が大きく震えた。

そこに、私の一番大切な人が——北原くんがいた。

私はゆっくりと物理教室に足を踏み入れた。深呼吸で気持ちを落ち着けたはずなのに、また胸がドキドキし始めていた。顔も赤くなっている気がする。

「迎えに行こうかと思ってたんだけど、行き違いにならなくてよかったよ」

北原くんが私の方に近づいてくる。どこも怪我はしていない。とても元気そうだ。私はそのことに心から安堵した。

「ちょっとごめん。そこで一回転してみて」

北原くんが変なことを言う。

「いきなり何？　犬じゃないよ、私」と私は文句をつけた。

「じゃあ、先に俺が」北原くんが手本を見せるように、体をくるりと回転させた。「変なところはなかったか？」

「……その行動自体が変だけど」

「見た目の話だよ。何も気づかなかったんなら、それでいいんだ。じゃ、牧野もやってみてくれ」

先にやられてしまうと、断りづらい。私は渋々、言われた通りにその場で一回転した。

「うん。特に問題はないな。うまくいってよかった」

「うまく……って、何が？　私、何がどうなってるかさっぱりなんだけど。北原くんはこの状況を説明できるの？　一体何が起きてるの？」

「陥没事故があって、そのあとに意識をなくしたことは覚えてるか？」

「あ、うん。ちょうどそこで記憶が途切れてる」

「あのあと、牧野は救急車で病院に運ばれた。で、必死の処置の甲斐もなく、命を落としてしまった」

北原くんはとんでもないことをさらりと口にした。

「え？　私、死んじゃったの？」

「そうなんだよな。苦しんだりすることもなく、あっさりと」

からかわれているんだ、という感じはしなかった。北原くんの口調は冷静で、とても落ち着いていた。事実を淡々と語っているという雰囲気だった。

「ということは、ここは、死後の世界？」

「そうとも言えるし、そうじゃないとも言える」

北原くんの余裕たっぷりな態度に、私はつい、「ずるいよお！」と叫んでしまった。「そんな、『俺は全部お見通しなんだぜ』的な優越感を出さないでよー」

「悪い悪い」と北原くんは笑い、天井をちらりと見上げた。「シミュレーション仮説って知ってるか？」

「……？　知らない。初めて聞いた」

「人間が暮らしている世界はすべて、コンピューターによるシミュレーションだって説のことだよ」

「そんな説があるの？　でも、そんなのありえないよ。私たちの感覚や思考を全部再現するなんて、そんなことできるはずがないでしょ」

「いや、シミュレーション仮説はもう仮説じゃなくなった」

北原くんはそう言って、自分の顔を指差した。得意げなその表情を見て、私は彼の言いたいことを察した。

「……まさか」

「そういうことだ。今ここにいる俺たち、データを元にコンピューターの中に再現した、バーチャルな存在なんだよ」

「って言われても……」

私は改めて自分の腕や肩に触れてみた。触っている感覚も触られている感覚もあるし、体温も感じる。というか、こうしていろいろなことを「思える」時点で、どう考えても現実としか思えない。

「信じられなくても事実だよ。証拠を見せようか」

北原くんが指を鳴らす。

すると、窓の外が一瞬にしてオレンジ色に塗り替えられた。窓に駆け寄ってみると、西の空には夕陽が出ていた。

「……すごいね、これ」

「納得してくれたか？」

再び北原くんが指を鳴らす。世界はまた、昼間に戻った。こんなものを見せられたら、さすがにもう信じるしかなかった。

「……納得したよ」と私は言った。「ここにいる北原くんがバーチャルってことは、本物は現実世界にいるの？」

「現実という言い方が正しいか分からないけど、まあ、一階層上の世界だな。ちなみに向こうは今、二一〇三年になってる。あっちの俺は一〇三歳で、足腰が弱ってるけど、まだ一応、現役のプログラマーとして働いてる。牧野の知ってる時代より医療が発達して、元気で働ける期間が延びてるんだよ」

「ホントに？　長生きだね、北原くん。家族もいっぱいいるんだろうね」

「いや、さすがに両親はもう他界してるよ」

よ」

「いない」と北原くんは少し恥ずかしそうに言った。「ベンチャー企業を立ち上げて、数えきれないくらいのソフトウェアを開発して……忙しすぎて、家庭を作るどころじゃなかった

「……奥さんや子供は？」

「忙しいって、そんな……一人だと寂しいじゃない」

「目標があったからな。それ以外のことに時間を使いたくなかった」

「目標って、もしかして……」

「……まあ、そういうことだ」と北原くんは外を見ながら言った。

「北原くんが、この世界を作ったの？」

「会社のプロジェクトとして完成させたんだ。一人でやったんじゃない。でも、計画したのは、まあ、俺かな」

「……よかった」と私は呟いた。「北原くんは人類に大きな貢献をしたんだね」

「生きてる間に完成させられてよかったよ」

「ちなみに、今、この世界は何年？」

「まだ決めてないんだ。でも、牧野が嫌じゃなければ、二〇一七年の三月二十八日からスタートしようかと思ってるんだけど」

日付を聞いてすぐにピンときた。

「私たちが歯医者さんの待合室で出会った日だね」

「そう。そこから始めるのがいいかなと思う。くだんのこととか世界がシミュレーションだってことは忘れて、普通に生きてきたって設定で始めないか」

北原くんの中では、これからのことが具体的にイメージできているようだ。ちょっとずるいなと思う。私はこの世界に降り立ったばかりなのだ。

「本当にその日でいいの？」と私は尋ねた。

「どういう意味だ？」と北原くんが怪訝そうな顔をする。その再現度に、すごい、と私は感心する。向こうの世界の彼がここにいても、間違いなく同じ顔をしたはずだ。

「私と出会うところからでいいの？　知り合わないようにもできるんでしょ？　単なるクラスメイトとして高校生活を過ごすこともできるんだよね？」

「……できるけど」

「けど、なに？」

「調整はこれでいいのか……？」と北原くんが難しい顔で呟く。「牧野はこんなに意地悪だったかな」

「こんなだよ、私は」と私は胸を張った。「前の世界で聞けなかった、北原くんの正直な気持ちが知りたいだけ」

「……ここまでやったんだし、大体のところは察してもらいたいんだけどな」

「私は天才じゃないから、ちゃんと言ってもらわないと分かんないの！」

分かったよ、と頭を掻き、北原くんは私と視線を合わせた。

「俺は、牧野ともう一度会おうって決めたんだ。会って、同じ時をもっと長く過ごしたいと思った。それが、俺の生きる目標だったんだ。……これでいいか」

「うん。ありがとう。……すごく嬉しい」

じーんと心が震えていた。私は幸せを嚙み締めるように、そっと目を閉じた。

「さっき言った時点からの再スタートで構わないか？」

「いいよ。ちなみに、この世界は現実とまったく同じなの？」

「そういう設定にしてある」

「食事で栄養補給？」

「そうだな。食べなければ痩せるし、食べすぎれば太る」

「……子供を作ることはできる？」

「……可能だ。自然分娩を選べば、たぶんすごく痛い」

「怪我をしたり病気になったり……」

「する可能性はある。俺たちのどちらかが死んだらリセットするつもりだけど」

「リセット？」

「言っただろ。『同じ時をもっと長く過ごしたい』って。一回の人生で終わったらつまらないよな」

「何度でも繰り返せるの？」

「もちろん」

「百年を十回でも？」

「余裕だな。毎回記憶は消すつもりだけど」

「じゃあ、百年を三千回でも」

「まったく問題ない。いつか、牧野が俺に渡してくれたコードがあっただろ。これから始まる俺たちの人生は、あれと同じだよ」

「while で始まるやつ？」

「そう。あれは、『ある条件を満たすまで処理を繰り返す』って意味なんだ。終了条件を設定しなければ、処理は終わらない」

「終わらなくていいよ」と私は言った。「私も北原くんと同じ気持ち」

「そうか。じゃあ、そうするか。じゃ、プログラムを再起動して……」

「はじめまして。北原恭介です。楽しくやっていこうか」

そう言って、北原くんも笑ってくれた。

それは、前の世界では見たことのなかった、素敵な笑顔だった。

北原くんの新しい表情を知ることができた。そう思ったら、電子がたくさん飛び跳ねて、心の中がほっこりと温かくなった。

解　説

三宅香帆

突然だが、プログラミングのお勉強から始めたい。

いやお前『はじめましてを、もう一度。』の解説はどうした、と怒られそうだが、ほんのちょっとだけ辛抱して読んでいただけたら幸いである。

while 条件式A：
処理1
処理2
処理3

この意味が分かるだろうか。はい、分からない方は『はじめましてを、もう一度。』をもう一度ちゃんと読んでくださいね。えっ、解説を先に読んでる？　せっかちだな。

本編で北原くんが教えてくれたように、これはPythonのプログラミング言語で言うところの「while構文」だ。意味は、北原くんいわく『ある条件を満たすまで処理を繰り返す』。

たとえば上のwhile文の場合。まずは処理1、処理2、処理3をおこなう。

それからもう一度、処理1に戻る。そして永遠に処理1〜3を繰り返す。この繰り返しが、while構文の特徴だ。

では処理のループが終わるのはどのようなときか？　それは処理1〜3のループの最中に、条件式Aを満たさない解答が出てきたときだ。

たとえば、処理1〜3でえんえんと足し算を繰り返した後、やっと条件Aで提示される数値以上の合計数になった、とかね。

```
i = 0
while i< 4:
print(i)
```

i = i + 1

ちょっと難しいかもしれないが、この場合、print(i)は「iを複製」という意味。するとiは0から1ずつえんえんと足され、解は1、2と増えていく。

しかしiが3まで来たら、次は4。すると「i<4」の条件を満たさなくなる。なのでiは3までで終わり、晴れてwhile構文から抜けられる！　というオチ。

まあ難しいことは置いておいて。while構文においては、ある条件式から外れたとき、はじめて処理の無限ループを抜けることができるのだ。はい、プログラミングのお勉強でした。

じゃあ、もうひとつ考えてみよう。

「もし条件式が存在しなかったら？」


稀代の理系作家・喜多喜久が綴る『はじめましてを、もう一度。』は、プログラミング男子の北原くんが「条件式のないwhile構文」をこの世につくりだすまでのラブ・ストーリーである。

しかし、Pythonがこんなロマンティックな恋愛物語の基調になるなんて、この世のエンジニアは、だれひとり思ってなかったんじゃないだろうか……。

あらすじを軽く説明すると。主人公の北原恭介は、成績優秀な秀才高校生。彼がいま一番熱中しているのは、恋愛でも部活でも勉強でもなく、家でプログラミングを独学すること。高校にものすごく親しい友人や恋人はいないが、ひとりでプログラミングをすることが至福の時間。成績は1位をキープしつつ、日々、機械学習の処理を勉強している。

しかし高校一年が終わる春休み。彼の前に、牧野佑那という女の子が現れる。華やかな美少女の佑那は、突然「四月から私と同じクラスになる」と予言めいたことを言う。

最初は取り合わなかった恭介だが、実際に四月になってみると、ふたりは同じクラスだった。

そしてある夜、彼女が打ち明けてくる。自分は予知夢を見る体質なのだ、と。そして予知夢通りに行動しないと、予知をはずす原因を作った人が、死ぬことになると。

佑那の見た夢というのは――恭介に告白して、そして付き合うことになる夢だった。

「私の告白にオッケーしてくれないと、死ぬんだよ」と告げられた恭介は、しぶしぶ佑那と付き合うことになる……。

この物語の面白いところは、理屈っぽい理系パートと、和風オカルト風味な文系パートが両立しているところ。

たとえば佑那ちゃんは「くだん」に呪われ、予知夢を見ることになったのだと言う。「くだん」とは、災害を予言する妖怪。……同性にも異性にも人気者で、北原くんといる時も基本テンション高めにはしゃぐ佑那ちゃんは、しかし妙に気まぐれで、不安定なところを持っている。うーん、情緒不安定なキラキラ美少女なんて、妖怪に呪われたヒロインとしては完璧だ。そのへんの妖怪オカルト映画の主演でも張ってもらいたいキャラである。

しかし対する北原くんの存在が、独特だ。彼は佑那ちゃんの「くだん」の話に巻き込まれつつも、基本的には自分のペースを守ろうとする。そう、彼はラブコメにありがちな、気まぐれヒロインに振り回されすぎる弱気な男の子ではない。ちゃんと自分の世界を持った、才能ある理系男子なのだ。友達のいないプログラミング男子といいつつも、卑屈な感じは全くなく、どちらかというと自信家でクールな男の子。

このふたりのバランスが、文系と理系、情緒と理論、ひいては小説のちょうどいい塩梅のアクセントになっていてとても読みやすい。おそらくプログラミングやSFトリックに詳しくない読者も、「くだん様」の予知夢パートや、ふたりのテンポよいラブコメ的展開に惹かれる人は多いのではないだろうか。

……が、そんな文理混合ラブコメ小説は、思いもよらないかたちで急展開を迎える。

もうちょっとふたりのラブロマンスが見られるかと思いきや。佑那ちゃんが、読者からするとやや情緒不安定に見えた理由が明かされる。そして同時に、小説の途中で出てくる謎の数字の意味が、分かってくるのだ。


さてここからはネタバレ解説になってしまうので、ぜひ本編を楽しんだ後に読んでほしいのだけど。

本作の大きな特徴のひとつ、小見出しとして「日付と数字」が付されていること。

この謎の数字の意味。最後まで読んだ方なら分かっただろう。

たとえば物語の転換点、佑那ちゃんの身に事件が起きる日付にこのような数字が付されている。

3000――【2017・9・5（火）】

日記で明かされる通り、「くだん」の呪いによって佑那ちゃんは2999回、2999日分の夢を見ていた。北原くんと出会い、北原くんが死ぬまでの夢。

そして9月5日。予知夢通りいけば、3000回目の北原くんの死——今度は現実なわけだが——を経験することになる。

「3000——【2017・9・5（火）】」とは、普通に考えたら、「2017年9月5日に、2999回の夢を見た後に訪れる、3000回目の現実」という意味だろう。

しかしそれだけの意味で理解すると、この小説の本当に面白いところを取り逃してしまうと私は思う。日付に付された数字は、単に夢の数をカウントしているわけではない。

その証拠に、本作の冒頭には、妙な計算式が載っている。北原くんと佑那ちゃんが初めて出会った日のカウントである。

2838＋1——【2017・3・28（火）】

なぜ「2838＋1」と書かれているのか？　普通に「2839」と記してもよかったのでは？

考えるにあたって、思い出してほしい。冒頭の私のプログラミング講座、あるいは北原くんの発言を。

妖怪オカルトラブコメに見せかけた本書は、実はがちがちのプログラミングSF小説なのだ（ってそんなジャンルがあったのかと驚くけど）。

つまり、while文なわけである。

作中、佑那ちゃんが突然すらすらと書き、北原くんが驚いたwhile構文。このwhile構文とは「ある処理の羅列を繰り返し、条件式を満たすまで終わらないプログラミングの式」のことだった。

佑那ちゃんは、3000日間の夢を、1ループずつ毎日見る。つまりwhile構文的に言えば、「北原くんと出会って北原くんが死ぬ」という処理を、2999日間、夢の中でえんえんと繰り返していたのだ。

この仕掛け、while構文であらわすとこうなる。3000回目で処理終了、である。

```
i = 0
while i< 3001:
print(i)
i = i + 1
```

するとiの意味が分かる。

ふたりがはじめて出会う2017年3月28日が、「2838＋1」と表現されていた。この日は、夢で2838回「はじめまして」を繰り返し、そして現実で1回目の「はじめまして」を言った日だった。

2017年9月5日、佑那ちゃんは、最後の「はじめまして」を夢で見る。夢と現実、あわせて3000回目。ここでいうiは、ふたりの「はじめまして」の数だ。

本書の単行本版タイトルは『「はじめまして」を3000回』だったが、小見出しで日付に付された数字もまた、「はじめまして」の数だったのである。

佑那ちゃんが2999回目の夢を見てから、3000回目の現実は予知夢と違う結末を迎え、while構文は止まる（break文みたいなものかもしれない）。しかし10日5日、本書ではじめて3000を超える計算式が出てくる。

3000＋0・0000001――【2017・10・15（日）】

この日、北原くんは佑那ちゃんの日記を読み、「もう一度はじめましてを言う」決意をする。

俺の目の前で、道が二つに分かれている。

一方は、日記の記述をすべて信じる道。

もう一方は、この日記を妄想の産物だと切り捨てる道。

この二つだ。

科学も論理も常識も関係ない。問われているのは、俺の信念だ。

(『はじめましてを、もう一度。』より引用)


この北原くんの台詞は本当に美しいと思う。なぜならwhile構文で言うところの「何をtrueと置くか」を、彼がはじめて自分で決める場面だからだ。

プログラミングでとにかくエラーをなくすことに腐心する秀才だった北原くんが、はじめて、自分の手で、自分の正解を——自分の条件式をつくりだす場面なのである。

それは「くだん」に決められたwhile文じゃない。自分で作り上げるwhile文だ。

彼は決める。佑那にもう一度はじめましてを言う、という条件式あるいは目標を超えるまでは、自分はプログラミングの努力をし続けるのだ、と。

だからこそ数値はまた、動く。10月15日は、「3000＋0・0000001」になるのだ。3001回目のはじめまして、を目指して。

そして彼がwhile文の条件式を終了設定しないところまで辿り着いたのは、読者の皆さんもご存知のことだろう。佑那ちゃんとのラブ・ストーリーもきちんと完結する。

いやはや、本当にがっつりプログラミングSF小説だなあ、と私は本書をとても面白く読んだ。「くだん」のパートや、ふたりのラブコメ部分もとても好きなのだが、while文を使ったラブ・ストーリーという点が新しいと感じる。Pythonもこんなに爽やかで切ない使われ方をするとは思ってもみなかったのではないだろうか……。

ゴリゴリのSFとしても、妖怪ミステリとしても、もちろん恋愛小説としても、いろんな読み方で楽しめる本書である。せっかくだから自分なりの解釈の正解に辿り着くまで、while文……じゃなかった、何度も繰り返し読んでみてはいかがだろうか。

――書評家

この作品は二〇一八年六月小社より刊行された『「はじめまして」を3000回』を改題したものです。

はじめましてを、もう一度《いちど》。

喜多喜久《きたよしひさ》

令和3年4月10日　初版発行
令和3年4月25日　2版発行

発行人――石原正康
編集人――高部真人
発行所――株式会社幻冬舎
〒151-0051東京都渋谷区千駄ヶ谷4-9-7
電話　03(5411)6222(営業)
　　　03(5411)6211(編集)
　　振替00120-8-767643
印刷・製本―株式会社 光邦
装丁者――高橋雅之

検印廃止

幻冬舎文庫

ISBN978-4-344-43072-3　C0193　き-29-3

幻冬舎ホームページアドレス　https://www.gentosha.co.jp/
この本に関するご意見・ご感想をメールでお寄せいただく場合は、
comment@gentosha.co.jpまで。